R. L. Stine • Wer die Mumie stört

OMNIBUS

Foto: © privat

DER AUTOR

R. L. Stine wurde 1943 in einem kleinen Vorort von Columbus/Ohio geboren. Bereits mit neun Jahren entdeckte er seine Liebe zum Schreiben. Seit 1965 lebt er in New York City, wo er zunächst als Lektor tätig wurde. Seine ersten Bücher waren im Bereich Humor angesiedelt. Seit 1986 hat er sich jedoch ganz den Gruselgeschichten verschrieben.

DIE SERIE

Für Gruselfans, die immer schon ganz nah am Geschehen sein wollten, sind die GÄNSEHAUT-ABENTEUER-SPIELBÜCHER wie geschaffen. Mitten in die Geschichte geworfen, kann der Leser spielerisch bestimmen, wie es weitergehen soll, da die Handlung immer wieder an besonders spannenden Stellen abbricht und nach einer Entscheidung verlangt. Mut, Kombinationsgabe und Abenteuerlust sind gefragt und dafür erwarten den Leser atemberaubende Spannung, wohliges Gruseln und immer neues Lesevergnügen. Denn immerhin gibt es etwa zwanzig verschiedene Arten, diese Geschichten zu lesen – aber nur eine einzige, das Abenteuer unbeschadet zu überstehen.

Robin Reichert

R. L. Stine

Wer die Mumie stört

Aus dem Amerikanischen
von Günter W. Kienitz

OMNIBUS

OMNIBUS

Der Taschenbuchverlag
für Kinder und Jugendliche
von Bertelsmann

Band 20601

Siehe Anzeigenteil am Ende des Buches
für eine Aufstellung der bei OMNIBUS
erschienenen Titel der Serie GÄNSEHAUT.

Umwelthinweis:
Dieses Buch wurde auf chlorfrei gebleichtem
Papier gedruckt.

Deutsche Erstausgabe September 1999
Gesetzt nach den Regeln der Rechtschreibreform
Die Originalausgabe erschien unter dem Titel
»Give Yourself Goosebumps # 10: Diary of a Mad Mummy«
bei Scholastic, Inc., New York

Übersetzung: Günter W. Kienitz
Lektorat: Janka Panskus
Umschlagkonzeption: Klaus Renner
bm · Herstellung: Stefan Hansen
Satz: Uhl + Massopust, Aalen
Druck: Presse-Druck Augsburg
ISBN 3-570-20601-7 · Printed in Germany

10 9 8 7 6 5 4 3 2

Achtung!!!
Lies dieses Buch nicht an einem Stück vom Anfang bis zum Ende!

Gemeinsam mit deiner Familie besuchst du eine Ausstellung über das alte Ägypten. Da machst du eine irre Entdeckung. Du findest ein 4000 Jahre altes Tagebuch, das eine Mumie geschrieben hat! Cool, denkst du und steckst das Buch in die Tasche.

Doch dann findest du heraus, dass die Mumie lebendig ist! Und sie will mehr, als nur ihr Tagebuch zurück – sie will deinen KÖRPER! Du musst einen Weg finden, sie aufzuhalten!

In dem Tagebuch gibt es einige Hinweise, die dir dabei helfen können. Doch zuerst einmal musst du die alten Hieroglyphen darin entziffern. Oder eine Reise zu den Pyramiden in Ägypten unternehmen.

Wird es dir gelingen, die Geheimnisse im Tagebuch der verrückten Mumie zu entschlüsseln, bevor sie dich bandagiert?

Dieses gruselige Abenteuer dreht sich nur um dich. Du entscheidest, was passiert und wie schaurig sich die Geschichte entwickelt.

Beginne bei Abschnitt 1. Dann folgst du den Anweisungen, die du unter jedem Abschnitt findest. Du hast die Wahl und triffst die Entscheidungen.

Wenn du dich richtig entscheidest, wirst du der Rache der verrückten Mumie entkommen. Gut möglich, dass du sogar ihre

Grabkammer voller Goldschätze findest! Aber wenn du dich falsch entscheidest ... SEI AUF DER HUT!
Und nun hole tief Luft, drück dir selbst die Daumen, blättere zu Abschnitt 1 und MACH DICH AUF EINE DICKE GÄNSEHAUT GEFASST!

1

»Willkommen in San Francisco«, sagt die Reiseleiterin. Ihre Stimme hallt laut in der Marmorhalle des Bürogebäudes wider.
»Dies hier ist das so genannte *Pyramid Building* – der berühmteste Wolkenkratzer der Stadt.«
»Wann bekommen wir die Mumie zu sehen?«, quengelt deine fünfjährige Schwester neben dir.
Du zuckst zusammen und drückst Susies Hand. Du wünschst dir sehnlichst, du müsstest sie nicht mit dir herumschleppen. Doch jedes Mal, wenn die Familie Urlaub macht, ist es dein Job, auf Susie aufzupassen.
Und wenn schon, denkst du. Wen juckt's? Dies werden trotzdem die besten Ferien aller Zeiten. Zusammen mit deiner Familie wohnst du in einem Hotel mitten in San Francisco. Aus deinem Fenster hast du einen tollen Ausblik auf die ganze Stadt – inklusive des hohen, spitz zulaufenden *Pyramid Buildings*, das nur ein paar Straßenzüge entfernt in den Himmel ragt. Und diesen Monat werden dort in der Eingangshalle uralte ägyptische Kunstschätze ausgestellt, einschließlich einer echten Mumie! Du kannst es kaum abwarten, sie unter die Lupe zu nehmen!
»Ich will zur Mumie!«, jammert Susie schon wieder.
»Ich will zu Mami! Ich will zu Mami!«, äfft Derek, dein vierzehnjähriger älterer Bruder, Susies Kleinkinderstimme nach.
Du lachst über Dereks komische Einlage. Dann flüsterst du Susie ins Ohr: »Wir werden sie sehen, sobald diese Touristengruppe endlich weiterzieht.«
Du spähst durch die Menge hindurch zu der Mumie, die in einer Glasvitrine steckt.
He! Hat sich die Mumie gerade bewegt?

• *Geh zu Abschnitt* **2.**

2

Dein Herz beginnt zu hämmern. Das kann doch gar nicht sein! Doch du bist dir sicher, dass du gerade gesehen hast, wie die Mumie den Arm bewegte!
Hat das denn niemand sonst gesehen?
Angestrengt blickst du zu den hell erleuchteten Vitrinen in der Mitte der Eingangshalle, aber die Reisegruppe, die die Führung mitmacht, hat sich darum geschart und versperrt dir noch immer die Sicht. Deshalb stellst du dich auf Zehenspitzen. Im rosa Licht der Halogenstrahler kannst du einen Blick auf eine uralte Mumie erhaschen, die in einem wunderschönen, goldverzierten hölzernen Sarkophag liegt.
Das ist die erste Mumie, die du je gesehen hast. Ein König aus einer Zeit vor über viertausend Jahren.
Ein toter Mensch.
Bei dem Gedanken bekommst du eine Gänsehaut. Die Touristengruppe geht weiter und die Eingangshalle leert sich. »Komm schon!«, quäkt Susie und zieht dich zum Mumiensarg. Beim Nähergehen läuft dir ein seltsamer Schauer den Rücken hinunter.
Du blickst der Mumie ins Gesicht und erschrickst. Sie ist grässlich. Ein Teil des Gesichts ist bandagiert – doch ein anderer liegt frei. Du kannst die trockene, ledrige Hand sehen, die sich über die eingefallene, knochige Nase spannt.
Du trittst einen Schritt zurück – und stößt mit dem Fuß gegen etwas auf dem Boden.

• *Geh zu Abschnitt* 3.

3

Du schaust hinunter, um zu sehen, wogegen du getreten hast.
»He – guckt mal!«, rufst du gedämpft.
Doch niemand hört dich. Die Reisegruppe ist ausgeschwärmt. Susie hat deine Hand losgelassen und drückt sich die Nase an der Glasscheibe vor dem hölzernen Mumiensarg platt. Und Derek, der wie gewöhnlich so tut, als würde er keinen von euch beiden kennen, plaudert mit einigen Jugendlichen am Eingang. Deine Eltern sehen sich eine andere Vitrine an.
Niemand bemerkt das, was du auf dem Boden gefunden hast. Du hebst es auf. Es ist ein kleines Bündel gefalteter Blätter, die am Rand mit getrocknetem Gras zusammengebunden sind. Es sieht irgendwie nach einem uralten Buch aus.
Behutsam öffnest du es. Die Blätter sehen so aus, als würden sie jeden Augenblick zwischen deinen Fingern zerbröseln. Du siehst dir die schnörkeligen Zeichen auf der aufgeschlagenen Seite an. Zu deiner Überraschung kannst du den Text lesen … er ist in Englisch! Die Handschrift ist schwer zu entziffern, aber schließlich bekommst du zusammen, was da steht:

»Dies ist der erste Tag in meinem Grab. Ich bin so stramm eingewickelt, dass ich befürchte, ich kann nie wieder atmen. Die Bandagen, die meiner Erhaltung dienen, sind ein Gefängnis. Ich bin König, aber trotzdem haben sie mich hierher gebracht, mein Blut abgezapft und mich mit Binden umwickelt. Gegen meinen Willen! ›Hört auf damit!‹, habe ich sie angefleht. ›Tut mir das nicht an! Ich bin nicht tot! Ich bin am Leben!‹«

- *Lies in Abschnitt* **4** *weiter.*

4

Dir steht der Mund offen, während du die uralten Seiten durchblätterst. Könnte das eine Art Tagebuch sein? Das Tagebuch einer *Mumie*? Geschrieben vor viertausend Jahren?
Doch wieso ist es dann nicht in alten Hieroglyphen abgefasst? Wie kann es sein, dass es in Englisch ist?
Das ist seltsam. Wirklich sehr seltsam. Doch irgendwie, tief im Herzen, ist dir klar, dass das Tagebuch echt ist. Jedes Wort darin ist wahr.
Noch einmal schaust du dich um. Niemand nimmt Notiz von dir. Du blätterst eine Seite um und liest weiter.

»Ich wurde lebendig einbalsamiert. Ich, der Pharao. Der König! Und warum? Aus einem einzigen Grund: Weil ich am Hals ein sonderbares Muttermal habe – einen roten Fleck von merkwürdiger Form, der meinen Untertanen Angst gemacht hat. Sie halten ihn für ein Zeichen des Bösen.

Selbst ich weiß nicht so recht, was das Muttermal zu sagen hat. Bedeutet es wirklich, dass ich böse bin? Könnte ich tatsächlich Menschen schaden? Bin ich wahnsinnig?«

Deine Hand zittert, als du umblätterst und weiterliest.

»Nacht für Nacht wandelt mein Geist über die Erde. Seit Jahrhunderten. Nacht für Nacht schreibt mein Geist in dieses Tagebuch. Doch nun ist endlich meine Chance gekommen. Heute Nacht wird mein Körper *auf der Erde wandeln! Heute Abend werde ich, in dieser seltsamsten aller Pyramiden, meinem Gefängnis entfliehen!«*

- *Geh zu Abschnitt* **9**.

5

Der Amerikaner sieht nett aus. Du glaubst, dass man ihm trauen kann. Und vielleicht ist er sogar in der Lage, dir zu helfen, nach Hause zu kommen. Du entscheidest dich dafür, ihm das Tagebuch zu zeigen.

»Hmmm«, sagt der Amerikaner und zieht eine Lupe aus der Tasche seines Anzugs. Er blättert die Seiten durch und betrachtet sie aufmerksam. »Sehrrr interessant.«

»Trau ihm bloß nicht!«, flüstert dir der Ägypter ins Ohr. »Er ist ein Dieb!«

»Das habe ich gehört. Und ich bin ganz sicher kein Dieb«, erklärt der Amerikaner. »Mein Name ist Webster MacArthur Woobly der Dritte. Aber du kannst mich einfach Web nennen. Ich bin Professor für Ägyptologie an der Universität von Kairo. Und du bist …?«

Du stellst dich vor.

»Schön, dich kennen zu lernen«, sagt Web Woobly. »Was hältst du davon, wenn ich dir in der Stadt eine Limonade spendiere? Kairo ist nur ein paar Meilen entfernt und ich würde mich gerne mit dir über den Erwerb dieses Tagebuches unterhalten.«

Erwerb? Soll das so viel wie »kaufen« heißen? Hmmm – das hört sich gut an!

»Geh nicht mit ihm!«, warnt dich der Ägypter.

Das ist die letzte Gelegenheit, es dir anders zu überlegen …

- *Wenn du Web Woobly noch immer traust, geh zu Abschnitt* 28.
- *Falls du stattdessen eher dem Ägypter glaubst, geh zu Abschnitt* 22.

6

Willst du wirklich zulassen, dass die Mumie Susie mitnimmt? Nein, das kannst du nicht tun.
»Kommt nicht in Frage«, erklärst du der Mumie mit bebender Stimme.
»Nimm mich mit – aber lass sie aus dem Spiel.«
»Ja ...«, wispert die Mumie mit heiserer, krächzender Stimme. Sie packt dich wieder am Handgelenk und zieht dich zur Zimmertür.
»Warte«, sagst du zur Mumie. »Ich brauche noch meine Jacke.« Die Mumie starrt dich einen kurzen Moment an, dann lässt sie dich los.
»Keine Sorge«, flüsterst du Derek zu, als du dir deine Jacke schnappst. »Ich gehe nur mit ihr, damit sie Susie nichts tut. Aber ich laufe ihr davon, sobald wir draußen sind.«
»Okay«, wispert Derek zurück. »Ich folge euch.«
»Nein ..., das ... wirst ... du ... nicht ... tun«, sagt die Mumie zu Derek. Dann deutet sie mit einem bandagierten Finger auf Dereks Kopf. Augenblicklich erstarrt dein Bruder und wird stocksteif. Er kann sich nicht mehr bewegen!

- *Du aber schon, also beweg dich zu Abschnitt* **53**.

7

Weit und breit scheint niemand zu sein. Du siehst nichts als Sand. Ägyptens Sonne brennt so heiß auf dich herab, dass du dich schwindelig fühlst – wie kurz vor einer Ohnmacht. Du würdest dich gerne in den Schatten setzen, doch es gibt keinen. Wasser, denkst du. Ich brauche dringend Wasser ...

Nun verstehst du, warum sie das immer in alten Filmen sagen. Du bist in deinem ganzen Leben noch nie so durstig gewesen. Glücklicherweise hast du in San Francisco eine leichte Jacke dabeigehabt. Du hast sie dir um die Hüfte gebunden. Nun nimmst du sie ab und hältst sie dir über den Kopf, damit sie dir wie ein Zelt Schatten spendet.
Du schlägst das Tagebuch auf der ersten beschriebenen Seite auf. Das ist Seite sieben. Dann studierst du die Hieroglyphen. So sehen sie aus:

- *Was, glaubst du, bedeutet das? Wenn es für dich wie ein kleiner Schwarm von Vögeln aussieht, die um ein Lagerfeuer herum sitzen, dann geh zu Abschnitt* 58.
- *Wenn du stattdessen ein altägyptisches Smiley-Gesicht darin siehst, dann geh zu Abschnitt* 12.

8

»Nein!«, schreist du. Du starrst in die hölzerne Truhe.
Die Mumie ist fort! Aber an ihrer Stelle liegt etwas anderes.
Gold! Tonnenweise Münzen, kleine Statuetten, Zepter und Kronen. Und alle sind aus Gold.
Einen Moment lang kannst du es nicht glauben. Ist das eine Art Sinnestäuschung? Gibt es in der Truhe einen doppelten Boden? Eine geheime Schiebetür? Oder Spiegel? Im Fernsehen hast du Zauberer gesehen, die derlei Dinge vollbracht haben.
Du beugst dich über die Truhe und tastest mit beiden Händen Boden und Seitenwände ab.
Aber alles ist solide und fest.
Du nimmst eine der Münzen in die Hand und beißt hinein.
Sie besteht aus echtem Gold.
Der Zauberspruch scheint gewirkt zu haben!, sagst du dir. Vielleicht ist die Mumie in Ägypten ins Leben zurückgekehrt. Vielleicht ist sie in ihre eigene Zeit zurückgegangen und hat mir von dort aus zum Dank Gold geschickt. Sie hat gesagt, sie wäre ein König, oder nicht?
Plötzlich hörst du etwas, das dich herumfahren lässt.
»Ich … danke … dir«, flüstert eine Stimme, die in der leeren Eingangshalle widerhallt. Es ist die vertraute Stimme der Mumie mit den pfeifenden Atemgeräuschen zwischen jedem Wort. Doch die Mumie ist nirgendwo zu sehen. »Ich … danke … dir … dafür, … dass … du … mir … das … Leben … gerettet hast«, sagt sie. »Ich … hoffe …, dieses … Gold … wird … dich … ein … wenig … entschädigen. Und … nun … sage … ich …, König … Buthramaman …, dir … Lebewohl.«

ENDE

9

Ist das möglich?
Wird die Mumie wirklich *heute Nacht* ausbrechen? Aber wie?
Und ist mit der »seltsamsten aller Pyramiden« das *Pyramid Building* gemeint? Nun, einem uralten Pharao würde das Gebäude sicher reichlich seltsam vorkommen, vermutest du.
Du liest die Seiten noch einmal und versuchst ihren Sinn zu enträtseln.
»Nacht für Nacht schreibt mein Geist in dieses Tagebuch«, heißt es darin.
Das gibt's doch gar nicht!, denkst du. Die Mumie schreibt also nicht mit der Hand, sondern mit ihrem Geist! Die Mumie *denkt* etwas und es erscheint auf dem Papier.
Irre!
Mit einem raschen Seitenblick überzeugst du dich davon, dass der Wachmann in der Eingangshalle dich nicht beobachtet. Dann schiebst du dir das Tagebuch unters Hemd.

- *Geh zu Abschnitt* **132**.

10

Verzweifelt schaust du dich nach einem Versteck um.
Nur wenige Schritte entfernt entdeckst du eine Abstellkammer.
Die Tür steht einen Spaltbreit offen. Ja!, denkst du, als du rasch hineinschlüpfst.
Du schaltest das Licht an und lauschst mit angehaltenem Atem.
Kommen die Schritte auf dich zu?
Du wartest. Dein Herz pocht.
Endlich gehen die Schritte an dir vorüber.

Du atmest wieder und lässt den Blick über die Sachen in der Abstellkammer wandern.
Toilettenpapierrollen. Seifen. Kleine Flaschen mit Hotelshampoo. Handtücher. Besen. Ein Staubsauger.
Und Stifte! Kugelschreiber mit dem Namen des Hotels darauf. Auch kleine Notizblöcke gibt es hier. Sie sehen so aus wie die neben dem Telefon in eurem Zimmer.
Das ist genau das, was du jetzt brauchst, sagst du dir. Papier und Stift – damit kannst du deiner Familie eine Nachricht schreiben!
Du beginnst deinem Bruder Derek einen Zettel zu schreiben. Doch plötzlich fällt dir auf dem Boden der Kammer etwas anderes auf. Etwas viel Besseres als Stifte. Schlüssel! Ein Zimmermädchen muss sie hier verloren haben. Sie sehen ganz nach Generalschlüsseln aus, nach Schlüsseln, mit denen sich alle Zimmer im Hotel öffnen lassen.

- *Wenn du versuchen willst, mit einem der Schlüssel in euer Zimmer zu gelangen, geh zu Abschnitt* **41**.
- *Wenn du lieber Derek eine Nachricht schreiben möchtest, dann blättere zu Abschnitt* **117**.

11

»Jünger«, wiederholst du. »Okay. Das kriegen wir hin.«
Rasch springst du aus dem Sarg heraus, damit die Mumie dich nicht einschließen kann. »Folge mir unauffällig«, forderst du sie auf.
Du führst die Mumie vorsichtig einige Straßenblocks weit zu einem Gebäude, das eine schöne Glas- und Chromfront hat. An der Tür hängt ein phantasievoll gemaltes Schild: SCHÖNHEITSFARM HIMMEL AUF ERDEN.

Dir ist eingefallen, dass du täglich auf dem Weg zum Hotel daran vorbeigekommen bist. Und es hat vierundzwanzig Stunden am Tag geöffnet!
»Was ... ist ... das?«, fragt die Mumie. Sie bleibt ein gutes Stück vom Eingang entfernt stehen und zögert hineinzugehen. Sie wirkt tatsächlich ein wenig verlegen.
»Das ist eine Schönheitsfarm«, erklärst du. »Ein toller Laden, in dem du Gesundheitsdrinks bekommst, ein Schlammbad nehmen kannst und solche Sachen. Sie sorgen dafür, dass du jünger aussiehst. Das ist ihr Job.«
»Ehrlich?«, flüstert die Mumie.
Obwohl dir das unmöglich vorkommt, siehst du den Anflug eines Lächelns über ihre Lippen huschen.
Du gehst voran in die Schönheitsfarm und steuerst auf die Empfangsdame zu.
»Ähm, hallo«, stotterst du. »Mein, ähm, Freund hier würde sich gerne die Haut behandeln lassen.«
Misstrauisch beäugt die Empfangsdame die Mumie. »Hat er einen Termin?«, fragt sie.

- *Einen Termin? Oje! Lass dir in Abschnitt* 99 *rasch etwas einfallen.*

12

»Für mich sieht das wie ein altes ägyptisches Smiley-Gesicht aus«, sagst du laut.
Oh, oh. Du redest mit dir selbst. Und du siehst Smiley-Gesichter. Du solltest besser bald Wasser finden!
Plötzlich fällt dir ein, dass du eine Packung Fruchtbonbons dabeihast. Du greifst in die Tasche. Sie sind noch da! Und sie sind nur ein bisschen angeschmolzen.

Du schiebst dir zwei davon in den Mund: Ahhhhhhh!
Sie lassen dich deine beinahe ausgedörrte Kehle vergessen.
Beinahe.
Aber nicht für lange.

- *Mach dich auf die Socken und such in Abschnitt* **24** *nach Wasser.*

13

Die drei Männer beugen sich näher und blicken in den Sarkophag.
»Oje!«, brüllt der eine Wachmann. »Sie fängt zu verwesen an!«
Nein!, denkst du besorgt.
Doch es ist wahr! Dein uralter mumifizierter Körper zerfällt zusehends. Dein Gesicht verliert seine Form. Deine tief liegenden Augenhöhlen fallen weiter ein und lassen in deinem Gesicht riesige Löcher entstehen.
Kein Wunder, dass du dich so schwach fühlst!
»Das liegt an der salzigen Luft!«, ruft der Mann mit der tiefen Stimme. Er reißt entsetzt die Augen auf, als ein Stück deines Körpers abzufallen droht!
»Ohne die Binden, die es vor dem Nebel und der salzigen Luft schützen würden, wird das trockene Fleisch schimmeln und zerfallen.«
»Was sollen wir mit ihr machen?«, fragt George, der sich die Nase zuhält.
»Nun hat sie keinen Nutzen mehr für uns«, antwortet der Mann mit der tiefen Stimme. »Wir müssen sehen, dass wir sie loswerden.«
»Nein«, wehrt der andere Wachmann ab. »Ich bin dafür, wir bringen sie zurück ins Museum.«

»Wirf eine Münze«, meint George. »Sie wird entscheiden.«
O nein, denkst du. Nicht schon wieder eine Münze!

- *Wirf noch mal eine Münze. Wenn sie mit dem Kopf nach oben landet, geh zu Abschnitt* **35**.
- *Liegt die Zahl oben, geh zu Abschnitt* **27**.

14

Das Innenleben ansehen? Machen die beiden Scherze?
Der Arzt und die Ärztin rücken näher und reiben sich dabei begierig die Hände. »Ich werde es genießen«, sagt Stuart mit einem fiesen Lächeln.
»Lass uns herausfinden, was in ihr steckt«, setzt Dr. Lacey aufgeregt hinzu.
Voller Entsetzen starrst du auf die chirurgischen Instrumente. Du möchtest schreien und um Hilfe rufen. Doch als du den Mund öffnest, kommt kein Ton heraus.
Du kannst nicht sprechen!
Du wirst also niemals erklären können, dass du in Wirklichkeit ein Kind bist! Was willst du jetzt tun?
Du musst unbedingt fliehen. Du schaust dich im Zimmer um, hältst nach etwas Ausschau, das dir dabei helfen kann. Da entdeckst du ein Laborglas, das mit einer farblosen Flüssigkeit gefüllt ist. Du schnappst dir das Glas und schüttest Dr. Lacey die Flüssigkeit ins Gesicht!
»He!«, keift sie. »Sie hat mich mit Wasser begossen!«
Wasser? Dir rutscht das Herz in die Hose. Das war der einzige Plan, den du hattest. Und er hat nicht funktioniert.
Nun werden dich die beiden Ärzte ganz bestimmt aufschneiden.

- *Geh zu Abschnitt* **31**.

15

Du betrittst die kühle, dunkle Grabkammer. Mohammed folgt dir auf den Fersen. Er trägt eine Fackel, um euch den Weg zu leuchten.

Der Durchgang, ein enger Korridor aus großen Steinblöcken, ist unheimlich. Du hast das Gefühl, jeden Moment könnte dich jemand – oder etwas – anspringen.

Ein paar Schritte weiter gelangt ihr an eine Stelle, an der sich der Gang gabelt.

»Welchen Weg nehmen wir?«, fragst du.

»Folge deinem Herzen«, antwortet Mohammed geheimnisvoll.

Meinem Herzen?, denkst du. Soll das so etwas wie ein Hinweis sein?

Mal nachdenken.

Dein Herz sitzt links. Ist es das, worauf Mohammeds Ratschlag abzielt? Sollst du den Gang nehmen, der links abzweigt?

Du schaust den linken Gang hinunter und siehst nichts als Dunkelheit. Eine schreckliche, pechschwarze Finsternis – so als wäre noch nie jemand, der diesen Weg gegangen ist, zurückgekehrt.

Dann schaust du den Gang zur Rechten entlang. Er sieht höher und breiter als der andere aus und ist obendrein nicht annähernd so dunkel.

- *Wenn du den linken Gang nimmst, geh zu Abschnitt* **123.**
- *Wenn du den rechten Gang wählst, geh zu Abschnitt* **79.**

16

Die Bandagen, die dir die Mumie in Kindesgestalt abgenommen hat, sind ihr über die Arme gefallen.
Augenblicklich beginnen sie sich um die Mumie zu wickeln, so wie das zuvor auf rätselhafte Weise bei dir geschehen ist. Sie fesseln die Mumie rasch und fest. Es scheint, als führten sie ein Eigenleben und wollten die Mumie erdrosseln.
Angst flackert in den Augen des Mumienkindes auf.
»Nein!«, schreit es und versucht sich zu befreien.
Ja!, denkst du. Das ist es! Auf diese Weise kann ich mit der Mumie wieder den Körper tauschen!
Du musst es nur schaffen, alle Binden rechtzeitig abzubekommen …
Dann wickeln sie sich um die Mumie, genauso wie sie sich in der Eingangshalle des *Pyramid Building* um dich gewickelt haben.
So schnell du kannst, schälst du dich aus den Bandagen und zerrst die schrecklichen Mullbinden ab, damit sie sich ungehindert um die Mumie schlingen können. Die Bandagen wickeln sich wie von selbst um ihr Gesicht, ihren Hals, ihren Körper. Schon bald kann die Mumie sich kaum noch bewegen!

• *Geh zu Abschnitt* 111.

17

Der Wachmann wirft eine Münze und die Zahl landet oben.
»Gut«, sagt George. »Ich habe gewonnen. Nun hör mir zu.«
Du spitzt im Inneren des Mumiensarges die Ohren.
Doch du verstehst kein Wort. Und einen Augenblick später knallt George die Tür zu und der Wagen fährt los.

Aaahh!, würdest du am liebsten schreien, als du spürst, wie der Wagen die berühmten Hügel von San Francisco hinauf und hinunter saust. Wenn du einen Magen hättest, würde er sich dir jetzt umdrehen, denn die Hügel sind ziemlich steil. Es fühlt sich an, als würdest du Achterbahn fahren.

George fährt wie ein Verrückter. Du kannst jedes Mal die Reifen quietschen hören, wenn er scharf um die Ecken biegt.

Endlich wird der Wagen langsamer und bleibt stehen.

Wo sind wir?, fragst du dich.

Du hörst ein Nebelhorn. Und das Geräusch von Wasser, das gegen einen Anlegesteg schwappt. Ihr müsst ganz in der Nähe des Hafens sein, sagst du dir. Selbst im Inneren der hölzernen Kiste kannst du die salzige Luft riechen.

Wieso bringen sie mich zu einem Anlegesteg?, fragst du dich. Dir wird ganz angst und bange.

• *Geh zu Abschnitt* 55.

18

Vielleicht verursacht der Wachmann das Geräusch. Es könnte aber auch von der Mumie stammen.

Du möchtest jedenfalls von keinem der beiden entdeckt werden.

Versteck dich – rasch!

Du saust durch die Halle und verbirgst dich hinter einer Säule.

SCHRAPP ... SCHRAPP ...

Es klingt, als ob jemand die Füße beim Gehen über den Boden schleift. Und wer auch immer da läuft, kommt noch immer auf dich zu.

Wer könnte das sein?

Du hast bereits die halbe Strecke zum Ausgang hinter dir. Vor

Angst schlottern dir die Knie, trotzdem kannst du dir nicht helfen: Du platzt fast vor Neugier.
Du musst eine Entscheidung treffen.

- *Wenn du bleiben und herausfinden willst, wer da kommt, geh zu Abschnitt* **45**.
- *Wenn du jetzt gehen und ins Hotel zurückkehren willst, blättere zu Abschnitt* **88**.

19

Bevor du protestieren kannst, setzt sich Web Woobly auf ein anderes Kamel. Kaum marschiert sein Kamel los, folgt ihm deines.
»Wo reiten wir hin?«, fragst du nervös. Plötzlich scheint dir die Sache gar keine gute Idee mehr zu sein. Vor allem, weil es auf einem Kamel nicht besonders bequem ist. Und Junge, wie das stinkt!
»Nach Kairo«, antwortet Web.
Langsam bringt ihr beide den holprigen Neunmeilenkamelritt zur ägyptischen Hauptstadt hinter euch. Als ihr dort ankommt, führt dich Web in ein kleines Café auf einer belebten Straße und bestellt dir die versprochene Limonade.
»So, mein junger Freund«, sagt Web. »Nun lass uns über das Tagebuch reden. Wie klingen zweitausend Dollar für dich?«
Nun, wie *klingt* das?

- *Wenn dir Webs Angebot zusagt, dann nimm es in Abschnitt* **63** *an.*
- *Wenn du meinst, du könntest mehr herausschlagen, dann verhandel mit ihm in Abschnitt* **114**.

20

Eine tote Mumie erwacht wieder zum Leben? Das willst du sehen!
Du beschließt, das Tagebuch weiter zu verstecken, und siehst dich nach Susie um. »Ich komme, Mom!«, sagst du. Heute Nacht wirst du heimlich zur Ausstellung zurückkehren und herausfinden, ob das, was im Tagbuch steht, wirklich stimmt.
»Bis später«, flüsterst du der Mumie zu. Sie sieht mausetot aus. Aber andererseits ... bist du dir sicher, dass sie vorhin den Arm bewegt hat.
Während des Abendessens in einem chinesischen Lokal behältst du das Tagebuch unterm Hemd. Es ergibt sich keine Gelegenheit für dich, es zu lesen. Zurück im Hotel, hat Susie schon wieder Hunger und besteht darauf, beim Zimmerservice etwas zu bestellen, doch der taucht einfach nicht auf. Obwohl Susie unbedingt aufbleiben und darauf warten will, schicken euch eure Eltern schließlich alle ins Bett.
Als endlich alle eingeschlafen sind, schleichst du dich aus dem Hotel. Du fröstelst in der kühlen, nebligen Nacht, während du die zwei Straßenblocks zum *Pyramid Building* gehst. Zu dieser nächtlichen Stunde sind die Straßen verlassen und leer.
Als du das Gebäude erreichst, schlüpfst du durch den offenen Haupteingang hinein und bemerkst, dass der Wachmann eingeschlafen ist. Er sitzt vornübergebeugt auf einem Stuhl, den Oberkörper auf dem hohen Tisch der Kartenkasse. Eine kleine Lampe auf der Theke erfüllt die Eingangshalle mit unheimlichem Dämmerlicht. Du kommst dir wie in einer Höhle vor.
Du gehst an dem Aufseher vorbei und steuerst auf die Vitrinen in der Mitte der Eingangshalle zu. Nach einer Minute haben sich deine Augen an das schwache Licht gewöhnt.
Da schnappst du plötzlich erschrocken nach Luft!

Der Glaskasten, der die Mumie enthielt, ist zerbrochen. Die Mumie ist fort!

- *Geh zu Abschnitt* **36**.

21

In den Sarkophag steigen? Das kommt nicht in Frage, entscheidest du.

Mit einem wild entschlossenen Ruck reißt du den Arm von der Mumie zurück.

Ooooh ... keine gute Idee!

Erinnerst du dich noch, dass die Mumie dein Handgelenk mit eisernem Griff festhält, wie ein Schraubstock? Erinnerst du dich, wie kräftig sie ist?

Nun, dann ... schließ jetzt die Augen.

Was als Nächstes geschieht, ist zu grausig, um näher darauf einzugehen. Die blutigen Einzelheiten willst du sicher nicht wissen.

Halten wir hier einfach nur fest, dass dein Arm – der, den die Mumie festhielt –, na ja, sie hat ihn noch immer.

Du aber nicht.

Was zur Folge hat, dass du nicht mehr in diesem Buch blättern kannst, selbst wenn die Geschichte weiterginge. Jedenfalls nicht, solange du das Buch in deiner verbliebenen Hand hältst!

Sieh der Wahrheit ins Auge. Du hast in dieser Geschichte eindeutig den Kürzeren gezogen.

ENDE

22

Du entscheidest dich dafür, dem jungen ägyptischen Wachmann zu vertrauen. Seine Besorgnis scheint echt zu sein. Du reichst ihm das Tagebuch.
Der Amerikaner sieht enttäuscht aus. Er dreht sich um und geht davon.
Der Ägypter sagt dir, dass sein Name Mohammed ist. Dann sieht er sich das Tagebuch gründlich an und macht dabei große Augen. »Dieses Tagebuch muss in die königliche Grabkammer des Buthramaman zurückgebracht werden«, ruft er. »Nur so wird die Mumie Ruhe finden. Komm mit mir!«
»Aber wo gehen wir hin?«, fragst du ihn.
»In die Grabkammer«, flüstert er geheimnisvoll mit schmalen Augen und zusammengezogenen Augenbrauen.
Auf dem Rücken eines Esels bringt dich Mohammed zum Nil. Dort besteigt ihr ein Boot und reist darin den ganzen Tag und die ganze Nacht nach Süden. Endlich erreicht ihr einen fremdartigen, unbewohnten Teil Ägyptens. In brütender Hitze führt Mohammed dich durch einen üppig wuchernden Dschungel und anschließend in ein weiteres Wüstengebiet, wo ihr schließlich den steinernen Eingang zur Grabkammer erreicht.
»Du gehst als Erster hinein«, sagt Mohammed und zeigt auf den Eingang.
Ich?, denkst du. Wieso ich?

- *Geh zu Abschnitt* 73.

23

Du schlägst die Tür zu. »Sie ist es!«, flüsterst du Derek zu. »Sie muss es sein!« Du stemmst dich mit deinem ganzen Gewicht gegen die Tür. Die Mumie darf auf keinen Fall hereinkommen!

KLOPF. KLOPF-KLOPF.

»Das kann nicht die Mumie sein, Dummerjan«, sagt Derek und springt von seinem Bett auf. Er stampft zur Tür und schiebt dich beiseite. »Ich meine, würde eine Mumie etwa höflich an die Tür *klopfen*?«

KLOPF. KLOPF.

»Mach bloß nicht auf!«, flehst du ihn an. Du greifst nach dem Türgriff und versuchst Derek aufzuhalten.

Zu spät. Derek zieht bereits die Tür auf.

Auf dem spärlich beleuchteten Korridor steht eine kleine Gestalt, in uralte Binden gewickelt.

Die Mumie!

Bevor einer von euch beiden sie daran hindern kann, drängt sich die Mumie zur Tür herein. In eurem Hotelzimmer steht eine Mumie! Du kannst es kaum glauben.

»Du ... hast ... mir ... mein ... Leben ... gestohlen«, flüstert die Mumie bedächtig. »Nun ... werde ... ich ... Rache ... nehmen.«

- *Du bist zu geschockt, um dich bewegen zu können. Das Einzige, wozu du in der Lage bist, ist zu Abschnitt* **38** *weiterzublättern.*

24

Wenn du nicht bald Wasser findest, dann bist du bald Geschichte, das ist dir klar. Du schiebst dir ein weiteres Fruchtbonbon in den Mund und torkelst los. Da siehst du es!
Ein weiteres Smiley-Gesicht!
Vielleicht wirst du wirklich verrückt!
Das Smiley-Gesicht befindet sich auf einer Sanddüne, gar nicht weit von dir entfernt. Dort stehen eine Reihe ägyptischer Statuen. Es sind aus Stein gehauene Pfeiler mit Vogelgesichtern, ähnlich denen, die du in Büchern über das alte Ägypten gesehen hast.
Zwei der Statuen bilden die Augen und sieben weitere den Mund. Genau wie auf der Zeichnung im Tagebuch! Du holst das Tagebuch hervor. Blättere zu Seite 13 und sieh dir die Zeichen noch einmal an.
Das Gesicht im Tagebuch hat eine Nase. Die Statuen hingegen haben keine Nase. Doch dann überlegst du, dass die Nase in der Zeichnung einfach nur ein Bild von der Sonne sein könnte. Vielleicht soll das zeigen wie *heiß* es in der Wüste ist. Das würde Sinn machen.
Was allerdings keinen Sinn für dich macht, ist, dass die alten Ägypter ein Smiley-Gesicht mitten in die Wüste gesetzt haben! Und du verstehst auch nicht, wieso das Tagebuch der Mumie eine Abbildung davon enthält!

- *Geh rasch zu den Statuen in Abschnitt* **133**, *um einige Antworten zu erhalten!*

25

Einen Augenblick lang ziehst du es in Erwägung, den Spruch nicht zu Ende aufzusagen. Doch das kannst du nicht. Schließlich hast du dein Wort darauf gegeben.
Und außerdem kommt dir die Mumie schrecklich einsam vor.
»*Teki Kahru, Teki Kahra, Teki Khari!*«, sagst du rasch, bevor dich der Mut noch einmal verlässt.
Dann wartest du mit angehaltenem Atem darauf, dass die Mumie ins Leben zurückkehrt.
Doch nichts geschieht.
In der Eingangshalle des *Pyramid Buildings* ist es jetzt sogar noch ruhiger als zuvor. Eine unheimliche Stille liegt in der Luft. Es ist, als wäre die Welt plötzlich knirschend angehalten worden.
Dir kommt ein schrecklicher Gedanke. Sind etwa alle *tot*?
Du schaust zu dem Wachmann hinüber. Er sieht aus, als würde er schlafen, doch er schnarcht nicht mehr. Falls er schläft, muss es ein tiefer, traumloser Schlaf sein.
Schweiß läuft dir den Hals hinab, während du darauf wartest, dass sich der Mumiensarg öffnet.
Nichts. Es ist so still, dass du deinen eigenen Herzschlag hören kannst.
Schließlich hältst du es nicht länger aus. Du streckst die Hand aus und öffnest den Deckel.

- *Was findest du darin? Geh zu Abschnitt* 8.

26

Der Gang macht ein paar weitere Biegungen. Doch es kommt keine Abzweigung mehr. Keine Gabelung.
Schließlich siehst du einen schwachen Lichtschimmer.
Licht? Wo kommt das her?
Du biegst um die Ecke und da entdeckst du des Rätsels Lösung.
Der Aufzug!
Du bist – zu guter Letzt – wieder im Keller des *Pyramid Buildings*!
Oder etwa nicht?
Du läufst zum Aufzug und drückst den AUFWÄRTS-Knopf, immer wieder und wieder. Du hoffst, dass der Lift schneller kommt, wenn du fester drückst.
Aber klar doch! Als wenn das schon jemals etwas genutzt hätte!

- *Drück in Abschnitt* 56 *noch einmal auf den Knopf.*

27

Die drei Männer werfen eine Münze. »Zahl«, verkündet George.
Oh! Dickes Problem. Dumm gelaufen.
»Werfen Sie sie über Bord«, kommandiert der Mann mit der dunklen Stimme. »Und sehen Sie zu, dass es schnell geht!«
Das sind die letzten Worte, die du hörst.
Eine Sekunde später schwingen dich George und der andere Wachmann über die Schiffswand. Eiskaltes Wasser nimmt dich auf. Du beginnst zu sinken.
Du konntest noch nie gut schwimmen, auch damals als Kind nicht.
Doch das ist noch nicht einmal das Schlimmste.

Das Schlimmste ist, dass das Küstengewässer haiverseucht ist. Und es stellt sich heraus, dass Mumien ausgezeichnetes Fischfutter abgeben.

ENDE

28

Du entscheidest dich dafür, Web Woobly zu vertrauen.
Er wirkt freundlich. Und mit einem so lustig klingenden Namen wie seinem – wie übel kann er da schon sein? Außerdem hört sich sein Angebot viel versprechend an. Limonade – und womöglich einen Batzen Geld für das Tagebuch!
Darüber, wie du wieder nach Hause kommst, wirst du dir später Gedanken machen. Vielleicht kann dir dein neuer amerikanischer Freund dabei helfen.
»Ein kühles Getränk wäre jetzt doch sehr erfrischend«, sagt Web Woobly und wischt sich den Schweiß von der Stirn. »Lass uns gehen.«
Er hält eine Hand hoch, als würde er in New York City ein Taxi heranwinken. Dann schiebt er zwei Finger in den Mund und pfeift.
Fast augenblicklich kommt ein Mann auf einem Kamel angeritten.
»Kann ich euch mitnehmen?«, fragt der Kameltreiber.
»Ja«, sagt Web Woobly und wechselt dann mit dem Kameltreiber einige Worte in Arabisch. In null Komma nichts kniet das Kamel nieder.
»Steig auf«, fordert Web dich auf.
Das tust du. Doch kaum sitzt du auf dem Kamel, bekommst du ein schlechtes Gewissen. Du *weißt* doch, dass du nicht zu Frem-

den ins Auto steigen sollst! Ist es wirklich ein Unterschied, auf jemandes Kamel zu steigen?
»Ähm, ich glaube, ich sollte lieber wieder absteigen«, sagst du unsicher.
»Zu spät«, verkündet Web Woobly und lacht kurz auf.
• *Geh zu Abschnitt* 19.

29

Du musst dich verstecken! Du huschst in den Eingangsbereich eines nahe gelegenen Gebäudes und kauerst dich in eine dunkle Ecke. Die lange schwarze Limousine fährt an dir vorbei.
Puh. Das war knapp!
Doch schon einen Augenblick später schwingen die Flügel einer Glastür auf und zwei Ärzte kommen heraus. Ein Mann und eine Frau.
In diesem Moment bemerkst du das Schild über dem Eingang: MEDIZINISCHE NOTAUFNAHME.
»He«, sagt der Arzt zu dir. »Was machst du denn hier draußen? Du solltest doch im Bett sein. Du bist *schwer* krank!«
Dann tritt die Ärztin näher. Sie schaut dir ins Gesicht, in dein geschrumpftes, vertrocknetes, braunes ledriges Gesicht.
Sie packt dich am Handgelenk.
»He, sieh mal!«, wispert sie dem Arzt zu. »Das ist gar kein Patient. Das ist eine Mumie!«
• *Geh zu Abschnitt* 86.

30

Bevor du zurückspringen kannst, packt dich die Mumie rasch am Handgelenk. Sie nimmt eine ihrer Bandagen, ein langes Stück, das sich gelöst hat, und fesselt dir blitzschnell die Hände auf den Rücken – wie einem Gefangenen! Dann macht sie mit Derek dasselbe!
Für einen toten alten Knacker bewegt sich die Mumie verblüffend schnell!
Im selben Augenblick, als dich die Binde berührt, beginnt deine Haut auszutrocknen, hart zu werden und zu schrumpeln. Deine Arme und Beine werden steif – so steif, dass du sie kaum noch bewegen kannst.
Die Mumie zieht euch an den Bandagen zu sich her. Dann wickelt sie euch weitere Binden um den Körper.
»Was soll das werden?«, willst du Derek fragen, aber als dein Blick auf sein Gesicht fällt, stößt du einen fürchterlichen Schrei aus.
Dereks Gesicht ist braun und lederhart – so wie das der Mumie! Und – schlimmer noch – seine Augen sind verschwunden! Nur zwei tiefe leere Augenhöhlen sind geblieben! Du starrst angeekelt in sie hinein und spürst, wie dir schwindlig wird. Du bist kurz davor, in Ohnmacht zu fallen.

- *Rasch, geh zu Abschnitt* 76*!*

31

»Halt sie fest, damit sie liegen bleibt«, brüllt Stuart. »Ich mache inzwischen den Röntgenappart bereit.«
Röntgen? Das ist alles, was sie mit dir vorhaben?

Oh. Das ist gar nicht so übel. Es könnte sogar sehr interessant sein.
Du hörst auf dich zu wehren und hältst still, während die beiden Ärzte jedes Stück deines Körpers röntgen. Sogar deinen Kopf!
Kurze Zeit später kommt Stuart aus der Dunkelkammer und hält die Röntgenaufnahmen ins Licht.
»Das glaube ich ja nicht«, murmelt er.
»Was hast du entdeckt?«, fragt Dr. Lacey Stuart. Sie tritt neben ihn und betrachtet die Röntgenbilder.
»Sie hat keine Organe. Kein Herz. Keinen Magen. Kein Gehirn«, antwortet Stuart. »Natürlich habe ich das auch nicht anders erwartet. Schließlich handelt es sich um eine Mumie.«
»Was ist dann so ungewöhnlich?«, will Dr. Lacey wissen.
»Das da«, sagt Stuart. »Sieh nur, was ich in ihrem Kopf gefunden habe!«
Dr. Lacey nimmt Stuart die Röntgenaufnahme aus der Hand und hält sie ins Licht. Sie reißt Mund und Augen auf.
»Erstaunlich!«, ruft Dr. Lacey. »Verblüffend!«
»Außergewöhnlich!«, setzt Stuart hinzu.
Was ist da los? Sollten sie es nicht auch *dir* sagen? Immerhin geht es um *deinen* Kopf!

- *Was sich darin befindet, erfährst du in Abschnitt* **125.**

32

»Ja«, sagst du zu der Mumie. »Ich kenne einen geheimen Zauberspruch, der dich ins Leben zurückbringen kann.«
»Wie … lautet … er?«, fragt die Mumie, bei jedem Wort pfeifend. Sie klingt aufgeregt.
»Klaatu Barada Nikto«, rezitierst du. Du schließt die Augen und wiederholst es in einer Art Singsang. *»Klaatu Barada Nikto.«*

»Ha!«, ruft die Mumie aus und muss beinahe lachen. »*Klaatu … Barada … Nikto?* Das … stammt … aus … einem … alten … Film! Du … weißt … *nichts*. Du … bist verloren!«
Oje! Sie hat Recht. Das sind die Worte, die ein Außerirdischer in dem alten Sciencefictionfilm *Der Tag, an dem die Erde still stand* aus den Fünfzigerjahren sagt.
Jetzt sitzt du böse in der Tinte.

• *Geh zu Abschnitt* 48.

33

George hält dich fest, während der andere Wachmann den Deckel des Sarkophags fest schließt.
Hilfe!, würdest du am liebsten schreien, als dich Dunkelheit umhüllt.
Plötzlich wirst du gegen die Seitenwand des Sarkophags geworfen.
Die Wachmänner haben den Sarkophag auf ihre Schultern gehievt und tragen dich woandershin!
Anfangs hämmerst du mit beiden Fäusten gegen den Deckel des Sarkophags. *Lasst mich raus!*, brüllst du tonlos. Aber schließlich gibst du auf. Du liegst still da und lauschst.
Dem gedämpften Gespräch der beiden Wachmänner entnimmst du, was gerade geschieht. Sie tragen den hölzernen Mumiensarg zu einem Lieferwagen und wuchten ihn auf die Ladefläche.
»Was nun?«, fragt George den anderen Wachmann.
»Nun bringen wir sie zurück ins Museum«, erwidert der.
»Kommt nicht in Frage!«, hörst du George rufen. »Machst du Witze? Wir haben hier eine lebende Mumie! Damit könnten wir ein Vermögen machen!«

Die Antwort des zweiten Wächters kannst du durch den Sarkophag leider nicht verstehen. Aber es klingt, als stritten sich die beiden jetzt. Dann hörst du George ausrufen: »Also gut, wir werfen eine Münze! Bei Kopf gewinnst du. Bei Zahl tun wir, was ich sage.«

Du lieber Himmel! Dein Leben hängt davon ab, wie eine Münze fällt!

- *Wirf eine Münze. Zeigt der Kopf nach oben, geh zu Abschnitt* **67**.
- *Zeigt die Zahl nach oben, geh zu Abschnitt* **17**.

34

Derek lacht unbändig. »Angeschmiert!«, quiekt er und deutet auf dich. »Ich hab dich richtig drangekriegt!«

»Mich drangekriegt?«, stotterst du. »Was meinst du mit ›drangekriegt‹?«

»Die Mumie! Das Tagebuch!« Er wischt sich die Lachtränen aus den Augen. »Ich habe mir das Ganze ausgedacht.«

Dann erklärt er dir alles genau: »Das Tagebuch habe ich von zu Hause mitgebracht. Ich habe das Papier im Kunstunterricht selbst gemacht, deshalb wirkte es so alt. Ich wusste, dass wir in San Francisco die Mumie sehen würden. Da kam mir die Idee mit dem Tagebuch. Ich habe es in der Eingangshalle des *Pyramid Buildings* fallen lassen, direkt vor deine Füße. Ich war mir sicher, dass du darauf hereinfallen würdest. Du glaubst doch alles!«

»Mom!«, beklagst du dich und versuchst Derek vors Schienbein zu treten.

Doch deine Mom weigert sich in dir das Opfer zu sehen, das du bist. Nachdem sie dem Kellner aufgeholfen und ihm Geld gege-

ben hat, schickt sie euch beide ins Bett – für einen ganzen Tag! Und nachdem Derek und du euch dasselbe Hotelzimmer teilt, kommst du seinen Sticheleien nicht aus.
Doch dann fällt dir etwas ein. Was ist mit der Mumie? Sie *ist* letzte Nacht ausgebrochen. Du bist schließlich da gewesen und hast das zerbrochene Glas gesehen.

- *Geh zu Abschnitt* **96**.

35

Der Mann mit der tiefen Stimme wirft eine Münze. Sie zeigt Kopf.
»Okay, bringen Sie die Mumie ins Museum zurück«, stimmt der Mann zu. »Aber tun Sie es gleich. Wir legen in zwei Minuten ab. Schaffen Sie sie schnell vom Schiff!«
Unbeholfen klappen die beiden Wachmänner den Deckel des Sarkophags wieder zu und schleppen dich vom Schiff. Eine Stunde später trefft ihr im Kunstmuseum von San Francisco ein. Sie übergeben dich Marvin DeNeely, dem Museumsdirektor, der für die ägyptische Sammlung verantwortlich ist.
»Was haben Sie mit ihr angestellt?«, schreit Marvin, als er in den hölzernen Sarkophag schaut. »Meine wunderschöne Mumie! Was für eine Schweinerei!«
In Wirklichkeit bin ich gar keine Mumie!, möchtest du schreien. Ich bin ein Kind!
Doch mit deinem Körper, der zusehends verwest, kannst du dich noch nicht einmal aufsetzen. Dein altes, hartes Fleisch fällt in Klumpen ab. Das schwächt dich. Und macht dich schwindelig.
Still liegst du in deinem Sarkophag. Selbst zum Weinen bist du zu müde.

- *Geh zu Abschnitt* **101**.

36

Du starrst auf die Vitrine. Deine Hände werden feucht und dein Herz schlägt schneller.
Du kannst es kaum glauben. Ist die Mumie tatsächlich geflüchtet?
Alle anderen Vitrinen sind unbeschädigt. In einer davon ist eine goldene Krone ausgestellt, in einer anderen ein großer federförmiger Fächer. Lediglich die Vitrine der Mumie ist zerbrochen. Und die Mumie ist verschwunden.
Du hast sie verpasst. Du kommst zu spät!
Vor deinen Füßen liegen lauter Glassplitter. Es sieht fast so aus, als wäre die Vitrine explodiert! Vorsichtig gehst du näher. Du schaust zu Boden, um den Scherben auszuweichen. Dabei entdeckst du alte Stoffbinden, die eine Spur bilden. Und es ist wahrlich nicht nur eine Binde, sondern eine ganze Anzahl.
Dir ist klar, dass das verrückt klingt, aber es sieht so aus, als hätte die Mumie sich beim Davonlaufen aus den Bandagen geschält!
Du kannst die Binden in dem dämmrigen Licht nicht besonders gut erkennen. Deshalb bückst du dich, um eine davon aufzuheben. Doch etwas lässt dich innehalten.
Ein Geräusch.
Jemand kommt vom anderen Ende der Eingangshalle auf dich zu. Du verschwindest besser von hier – und zwar schnell!

- *Wenn du vorher noch die Bandage aufheben willst, geh zu Abschnitt* **51**.
- *Wenn du es für besser hältst, dich gleich aus dem Staub zu machen, geh zu Abschnitt* **18**.

37

»Ich kenne einen geheimen Zauberspruch«, erklärst du der Mumie. »Wenn ich ihn fünfmal hintereinander aufsage, bringt er dich ins Leben zurück.«
Du beginnst die mächtigen magischen Worte zu rezitieren:
»Teki Kahru, Teki Kahra, Te ...«
»Warte!«, ruft die Mumie und hebt die Hand. »Ich ... kenne ... diesen ... Zauberspruch! Er ... wirkt ... tatsächlich. Aber ... ich ... bin ... noch ... nicht ... bereit.«
Die Mumie streckt dir ihre bandagierten Hände entgegen, um dir aus dem Sarkophag herauszuhelfen. Dann nimmt sie rasch deinen Platz in der Truhe ein. Es sieht beinahe so aus, als würde sie lächeln, während sie sich im Mumiensarg zurechtlegt.
»In ... Ordnung«, sagt die Mumie. »Schließ ... den ... Deckel ... und ... sprich ... die ... Worte.«
»Das kapiere ich nicht«, entgegnest du. »Wieso willst du in dem Sarg ins Leben zurückkehren?«
Die Mumie wirft dir einen traurigen Blick zu, der aus weiter Ferne zu kommen scheint. »Es ... geht ... nur ... so«, erklärt sie dir. »Mein ... Tagebuch ... hätte ... mich ... in ... das ... jetzige ... Leben ... zurückgebracht – in ... diese ... wunderbare ... Zeit ..., in ... der ... du ... lebst. Aber ... dein ... Zauberspruch ... wirkt ... auf ... andere ... Weise.«
»Auf andere Weise? Wie?«, fragst du.
»Kümmere ... dich ... nicht ... darum«, mahnt dich die Mumie. Dann schreit sie dich plötzlich fast an: »Sag ... einfach ... nur ... die ... Worte. *Jetzt ... sofort!*«

- *Geh zu Abschnitt* 84.

38

Die Hand der Mumie schießt hervor und packt dich am Hals! Sie zieht dich zu sich heran.
»Rache … ist … süß.« Das leise Pfeifen zwischen jedem Wort, das die Mumie spricht, klingt schrecklich. Es dröhnt dir in den Ohren und lässt dich schaudern.
Du zappelst und wehrst dich in ihrem Griff. Ihre Hände schließen sich fester um deinen Hals. Du bekommst kaum noch Luft.
Wieso hilft dir Derek nicht? Du schielst zu ihm. Derek steht mit aufgerissenen Augen und offenem Mund neben dir, vor Angst erstarrt.
»Derek!«, versuchst du zu sagen. Doch du bringst nur ein »D-acckk« hervor, weil der Griff der Mumie um deinen Hals so fest ist.
Endlich kommt Derek zu sich. Er stürzt sich auf die Mumie, aber sie weicht schnell zurück, ohne dich loszulassen.
Die Mumie atmet pfeifend. »Gib … mir … das … Tagebuch – sonst …!«

- *Geh zu Abschnitt* 105.

39

Dein Leben ist in Gefahr! Wieso?
Der eindringliche, sorgenvolle Blick des Arabers sagt dir, dass du ihm diese Frage besser nicht stellst. Dazu hast du keine Zeit! Er drückt dir den ledernen Zügel des Kamels in die Hand und wiederholt seine Warnung.
»Geh!«

Wohin?, fragst du dich, während du das Kamel besteigst. Und warum ich?
Du reitest so schnell du kannst aus der Stadt hinaus.
Je weiter du dich von der Mouski entfernst, desto besser fühlst du dich.
Nur …
Verfolgt dich jemand?
Plötzlich bist du dir beinahe sicher, dass dir jemand auf der Spur ist.

- *Versuch es mit einem Täuschungsmanöver, um zu entkommen. Geh dazu zu Abschnitt* 56, *dann zu* 92, *dann zu* 93, *dann zu* 24 *und schließlich wieder zurück zu* 56. *Aber lies die Abschnitte nicht, Dummkopf! Geh nur zu ihnen. Vielleicht kannst du deine Verfolger, wer auch immer sie sein mögen, damit in die Irre führen. Dann schleich dich zu Abschnitt* 52 *und sieh nach, ob es dir gelungen ist, sie abzuschütteln.*

40

Du entscheidest dich dafür, die Tür ganz zu öffnen.
Aber dein Herz rast. Was machst du, wenn es wirklich die Mumie ist und wenn sie weiß, dass du das Tagebuch genommen hast? Wird sie wütend sein?
Mit einer raschen, kraftvollen Bewegung reißt du die Tür auf, springst hoch und versetzt der Person, die davor steht, einen Karatetritt.
RA-BUMM! Sie fliegt über den halben Flur.
Oh-oh. Böser Fehler.

- *Geh zu Abschnitt* 57.

41

Vergiss die Nachricht, denkst du. Du möchtest deine Familie wieder sehen. Und du möchtest diese fiese Mumie zur Rede stellen, die dir dein Leben gestohlen hat!
Du hebst den Schlüsselbund auf und schaust alle Schlüssel durch. Du entdeckst ein kleines Stück Klebeband. Mit blauer Tinte hat jemand HAUPTSCHLÜSSEL darauf geschrieben.
Das ist er! Dieser Schlüssel wird die Tür zum Zimmer deiner Familie aufsperren!
Du läufst den Gang hinunter. Der Schlüsel passt. In null Komma nichts öffnest du das Schloss und stürmst in das Hotelzimmer deiner Familie.
Zu deiner Überraschung sitzen sie alle hellwach herum ... und erwarten dich.
Einschließlich der Mumie. Die genauso aussieht wie du!
»Aaaahhhh!«, kreischt Susie, als sie dich erblickt. »Aaaahhhh! Jagt sie fort!«
»Ich hab's euch doch gesagt!«, schreit die Mumie, die wie du aussieht. »Ich habe euch ja gesagt, dass sie mich verfolgt!«
»Schnapp sie dir, Derek! Schnell!«, sagt dein Dad.

• *Geh zu Abschnitt* **92**.

42

Die Mumie, dein Ebenbild, tritt in die Abstellkammer und kommt auf dich zu. Sie stößt dich zurück und drängt dich gegen die Rückwand der Kammer. Du sitzt in der Falle!
»Ich habe deine Nachricht erhalten«, brummt sie. Sie greift in die Tasche ihres Schlafanzugs – deines Schlafanzugs! – und holt

den zerknüllten Zettel hervor, den du geschrieben hast. Sie wirft ihn dir ins Gesicht. »Vergiss es! Du bekommst deinen Körper nie wieder zurück! Ich habe viel zu lange auf diese Gelegenheit gewartet – die Chance auf ein neues Leben!«
Während sie dich mit der einen Hand gegen die Wand der Kammer drückt, packt sie mit der anderen deine Bandagen. Die Binden, die sich ganz von selbst um dich geschlungen haben. Du versuchst dich gegen die Mumie zu wehren, doch sie ist stärker. Sie beginnt dich von oben her auszupacken und nimmt dir die Binden ab, die um deinen Kopf gewickelt sind.
»Ohne die wirst du es nicht lange machen«, sagt sie. »Schon bald wird dein Körper verwesen und dann … ahh!«
Völlig unvermittelt weicht sie mit einem Satz zurück. In ihren Augen blitzt Entsetzen auf.

• *Geh zu Abschnitt* **16.**

43

Du beschließt, in den Fahrstuhl zu verschwinden.
Das Tagebuch unterm Hemd verborgen, spazierst du wie zufällig auf den Fahrstuhl zu und drückst auf den Aufwärtsknopf. Doch der erste Lift, der kommt, fährt nach unten.
Na gut. Der wird es auch tun.
Rasch schlüpfst du in den Fahrstuhl. Zum Glück steigt niemand mit dir ein. Deine Eltern haben noch gar nicht gemerkt, dass du dich abgesetzt hast.
Großartig, denkst du, während der Lift abwärts saust. Nun kannst du das Tagebuch ungestört lesen.
BING. Eine Glocke schlägt an, als sich die Tür im Keller öffnet.
»Seltsam«, sagst du, als du aus der Kabine hinaustrittst.
Das soll der *Keller* sein?

Zu deiner Verblüffung sieht das Untergeschoss aus, als wäre es vor tausenden von Jahren gebaut worden. Die Wände bestehen aus riesigen roh behauenen hellbraunen Steinblöcken. Die einzige Lichtquelle ist die Anzeige über der Fahrstuhltür. In ihrem trüben Schein kannst du sehen, dass die Aufzüge hier unten das Einzige sind, das modern aussieht.
Argwöhnisch schlenderst du einen seltsamen dunklen Gang entlang. Deine Schuhe schrappen über den Steinboden.
Es ist viel zu dunkel, um das Tagebuch lesen zu können. Trotzdem kehrst du nicht um. Du kannst dir nicht helfen, du musst dich hier umsehen.
Das Tagebuch kann warten, sagst du dir.

• *Erforsche den Keller in Abschnitt* **49**.

44

»Hier. Nimm es!« Du drückst der Mumie das Tagebuch in die bandagierten Hände.
Hssssssss …
Die Mumie stößt ein langes, rasselndes Geräusch aus, das wie ein Seufzen klingt. Du könntest schwören, dass sich ihre Miene geändert hat. Ihre Gesichtszüge scheinen vor Erleichterung weicher geworden zu sein.
»Ahhh jaaaa …«, sagt die Mumie und drückt das Tagebuch an ihre Brust. »Alles …, was … ich … jetzt … noch … brauche …, bist …« – ein weiteres pfeifendes Atemgeräusch dringt aus ihrem Mund hervor, bevor sie das letzte Wort ausspricht –
»*… du!*«

• *Geh zu Abschnitt* **30**.

45

Du entscheidest dich, hinter der Säule zu bleiben. Du willst herausfinden, ob es die Mumie ist, die du da hörst. Wenn die Mumie tatsächlich zum Leben erwacht ist, musst du sie unbedingt sehen!

SCHRAPP … SCHRAPP …

Du hörst, wie die Schritte näher kommen … und immer näher …

Du hältst die Spannung nicht mehr aus! Du schaust vorsichtig hinter der Säule hervor.

Aus einem Nebenraum tritt eine Gestalt in das trübe Licht der Eingangshalle.

Es ist die Mumie!

Und sie ist lebendig!

• *Geh zu Abschnitt* 62.

46

Vor dir auf den Stufen sitzt ein großes, grässliches Krokodil. Krokodile bedeuten Wasser. Das heißt, dass es ganz in der Nähe welches geben muss! Doch erst einmal bedeuten Krokodile Gefahr.

Es sieht aus, als würde es das Gold bewachen.

Du erstarrst. Rühr dich nicht, sagst du dir. Was auch immer du tust, mach keine schnellen Bewegungen!

Aber willst du da wirklich stehen bleiben und bei lebendigem Leibe gefressen werden? Noch dazu, wo es da unten in der Höhle Wasser geben könnte?

Deine Gedanken rasen, während du versuchst rasch etwas auszuknobeln.

Dir kommen zwei Ideen. Du könntest dem Krokodil ein paar

Fruchtbonbons vorwerfen. Dann würde es dich vielleicht unbehelligt lassen.
Oder du könntest versuchen, ganz langsam an ihm vorbei die Treppe hinabzuschleichen. Denn falls du kein Wasser findest, brauchst du die Fruchtbonbons vielleicht für dich selbst.
Was willst du tun?

- *Wenn du dem Krokodil einige Fruchtbonbons vorwerfen möchtest, dann geh zu Abschnitt* **116**.
- *Wenn du versuchen willst, dich an dem Krokodil vorbeizustehlen, dann geh zu Abschnitt* **87**.

47

Du beschließt, zurück ins Hotel zu gehen. Du musst zu deiner Familie. Du brauchst dringend Hilfe!
Doch was ist, wenn deine Eltern nur einen flüchtigen Blick auf dich werfen und gleich ausflippen? Was ist, wenn sie dich nicht erkennen? Trotzdem, das Risiko musst du eingehen.
Auf Zehenspitzen tappst du über den Marmorboden der Eingangshalle. Deine Schritte verursachen kein Geräusch. Das liegt wahrscheinlich daran, dass deine Füße noch immer mit Bandagen umwickelt sind.
Du schleichst an dem immer noch schlafenden Wachmann vorbei und schlüpfst hinaus in die neblige Nacht. Die Binden schleifen hinter dir her, während du zum Hotel zurückkehrst. Du schaust dich um und hoffst, dass dich niemand sieht.
An einer Ecke siehst du zufällig dein Spiegelbild in einer Schaufensterscheibe. Dein Gesicht sieht so grässlich aus, dass du beinahe aufschreist.
Bleib ruhig, sagst du dir. Nur noch ein Straßenblock bis zum Hotel.

Oh! Da kommt ein Auto.
• *Schnell! Versteck dich in Abschnitt* **29**.

48

Die Mumie macht sich wieder daran, den schweren Deckel zu senken.
»Warte!«, schreist du und setzt dich rasch auf, sodass sie den Sarg nicht schließen kann. »Gibt es nicht etwas anderes, was du gerne möchtest? Außer ins Leben zurückzukehren, meine ich?«
Nach einem Moment führt die Mumie ihre Hand ans Gesicht und streicht sich über die Wange. Unter ihren Binden ragen einige verdorrte Finger hervor, die an Backpflaumen erinnern.
»Ich … würde … gerne … jünger … aussehen«, flüstert die Mumie. »Meine … Haut … ist … so … trocken.«
Jünger?, denkst du. Ist sie plemplem?
Ja.
Aber hallo! Ihr seid schließlich in Kalifornien, stimmt's? Hier möchte jeder jünger aussehen!
Es gibt nur ein Problem. Was kannst du tun, um eine *viertausend Jahre alte Mumie* jünger aussehen zu lassen?
• *Finde es in Abschnitt* **11** *heraus*.

49

Was ist das für ein Ort?, fragst du dich. Jedenfalls sieht es hier ganz bestimmt nicht nach dem Kellergeschoss eines modernen Wolkenkratzers aus.

Wieso siehst du keinerlei große Kellergeräte, wie Boiler und Heizkessel und dergleichen?
Und wo ist eigentlich der Hausmeister?
Das Geräusch deiner Schritte hallt von den Steinwänden wider. Das Echo verursacht dir ein Kribbeln im Nacken.
Der Gang wird enger und niedriger. An einigen Stellen musst du dich ducken, um nicht mit dem Kopf an die Decke zu stoßen. Der Gang windet und schlängelt sich, steigt an und fällt wieder ab. Es gibt hier kaum ausreichend Licht, um etwas sehen zu können. Du machst dir allmählich Sorgen, ob du je wieder zurückfindest.
Vielleicht war es ein Fehler …
Doch du gehst weiter. Abgesehen von der unheimlichen Stille und der Dunkelheit findest du es hier unten echt cool. Du bist viel zu neugierig, um jetzt kehrtzumachen. Du kommst an einen kleinen tunnelartigen Gang, der nach rechts abzweigt. Er scheint anzusteigen.
Zu deiner Linken führt eine steinerne Treppe nach unten.
Welchen Weg schlägst du ein?

- *Wenn du dich für den Gang entscheidest, geh zu Abschnitt* 70.
- *Wenn du die Treppe nehmen willst, geh zu Abschnitt* 83.

50

Du beschließt, die Mumie vom Dach zu stoßen. Es könnte deine letzte Chance sein, zu deiner normalen Gestalt zurückzukehren. Wenn die Mumie vernichtet ist, wird ihr Zauberbann vielleicht gebrochen!
»Und tschüss, du Ungeheuer!«, rufst du, während du dich auf sie stürzt und ihr einen heftigen Stoß versetzt.

»Aaahhhhh!«, schreit die Mumie, als sie über das Geländer fällt. Sie brüllt den ganzen Weg in die Tiefe.
Unten schlägt sie mit einem dumpfen Geräusch auf. Es ist kein WUMM, sondern eher ein KNACK.
»Gut … gemacht!«, ruft Derek und hebt langsam die bandagierten Arme, damit du ihm in die Hände klatschst.
»Ja …«, sagst du und versuchst zu lächeln. Doch dein Gesicht fühlt sich wie gefroren an. Es ist noch steifer als zuvor.
Oje!

• *Geh zu Abschnitt* **100**.

51

Du wirst dich verstecken, sobald du einen besseren Blick auf diese Bandagen geworfen hast!
Deine Hand zittert, als du dich bückst und ein langes Stück Stoff aufhebst. Es ist sehr alt und dünn und abgetragen.
Kann es wirklich sein, dass dies ein Teil der Binde ist, mit der die Mumie bandagiert war?
Wie in Trance starrst du das Gewebestück in deinen Händen an. Deine Augen werden glasig. Das Einzige, woran du denken kannst, ist die Mumie, die da draußen … irgendwo … lebendig … herumgeistert …
Als du aus deinem Tagtraum aufschreckst, hörst du wieder Schritte. Du blickst auf und spähst in die dunklen Ecken der Eingangshalle.
Du entdeckst einen Schatten, der sich bewegt.
Oje! Höchste Zeit, dass du dich versteckst! Du willst das Stück Stoff fallen lassen, doch aus irgendeinem Grund scheinst du es nicht loswerden zu können. Du schaust auf deine Hand hinab und schnappst nach Luft!

Irgendwie hat sich die Binde ganz von selbst um deine Hand gewickelt!
Und um deinen Arm.
Und sie ist dabei, deinen ganzen Körper einzuwickeln!
• *Geh zu Abschnitt* **69**.

52

Nein. Du hast sie nicht abgeschüttelt.
Zwei Männer sind hinter dir her. Auf Eseln. Du kannst sie jetzt deutlich sehen. Einer von ihnen trägt einen schwarzen Anzug, ein schwarzes Hemd und eine weiße Krawatte. Er sieht aus wie ein amerikanischer Gangster. Der andere hat ein langes Gewand von arabischem Schnitt an.
Was wollen die beiden? Wieso lassen sie dich nicht zufrieden?
Du reitest tiefer in die Wüste hinein, um ihnen zu entkommen. Die heiße Sonne brennt auf dich herab. Später bricht die Nacht herein und die Temperatur fällt auf minus sieben Grad. Du zitterst und klapperst mit den Zähnen. Doch du reitest weiter.
»Gib auf!«, ruft dir der Araber von seinem Esel aus zu.
»Niemals«, schreist du zurück. »Niemals!«
»Du hast es nicht anders gewollt«, brüllt der amerikanische Gangster.
Er holt auf, bis er neben dir reitet. Dann stürzt er sich auf dich und stößt dich auf die Erde hinunter. Er packt den Zügel des Kamels, steigt wieder auf den Esel und reitet davon.
Und überlässt dich den Bussarden.
Die ganze Aktion nur wegen des Kamels? Das war alles, was sie wollten? Du hattest ja keine Ahnung, dass Kamele so wertvoll sind! Aber jetzt weißt du's. Denn nun stehst du mitten in der Wüste ohne eines da.

Du bist heute bereits zweimal beklaut worden. Findest du nicht auch, dass das reicht? Vielleicht solltest du noch einmal von vorne anfangen. Und dieses Mal hältst du besser die Augen offen!

ENDE

53

Du stolperst hinter der Mumie her, die dich durch den Hotelflur zieht. Sie führt dich durch einen Seitenausgang, der für das Personal bestimmt ist, aus dem Gebäude hinaus.
Nebel hängt in der Dunkelheit über den Straßenlaternen. Die Seitengasse ist leer, nur eine einzelne Ratte huscht davon, als sie euch kommmen hört.
Kaum seid ihr draußen, beschließt du, dass es Zeit wird, dich abzusetzen. »Lass mich los!«, schreist du und versuchst dich von der Mumie loszureißen, aber das schaffst du nicht. Sie hält dich mit eisernem Griff am Handgelenk fest, wie ein Schraubstock.
»Komm … mit …«, krächzt die Mumie kurzatmig. »Wir … müssen … uns … beeilen.«
Beeilen? Wieso? Was hat sie vor?
Die Mumie bringt dich rasch zum *Pyramid Building* zurück. Niemand sieht euch, als ihr durch den Hintereingang in die Halle schleicht. Nicht einmal der Wachmann, der immer noch schläft.
Lautlos zieht dich die Mumie zum Sarkophag, der viertausend Jahre lang ihre Ruhestätte gewesen ist. Noch immer liegen überall Glasscherben herum.
»Rein … da!«, befiehlt dir die Mumie und deutet darauf.
Rein da? In den Sarkophag?

- *Wenn du in den Mumiensarg steigen willst, geh zu Abschnitt* **68**.
- *Wenn du lieber versuchen willst zu fliehen, geh zu Abschnitt* **21**.

54

Du entscheidest dich dafür, Illinois Smith um Hilfe zu bitten. Warum auch nicht? Er knobelt in seinen Filmen ständig an alten Zaubersprüchen herum und übersetzt aus fremden Sprachen.
»Ähm, entschuldigen Sie bitte«, sagst du, während du auf Smith zutrittst.
In Wirklichkeit ist sein Name gar nicht Smith. So heißt er nur in seinen Filmen. Aber sein richtiger Name fällt dir im Moment nicht ein.
»Ja?«, sagt er und schaut dich unter seinem berühmten braunen Hut hervor an.
Du reichst ihm das Tagebuch der Mumie mit den sonderbaren dünnen Seiten. »Ähm, ich habe mich gefragt, ob Sie vielleicht …«
Noch bevor du den Satz zu Ende gesprochen hast, nimmt dir Smith das Tagebuch aus den Händen. »Klar, mein Kind«, sagt er. »Jederzeit.«
Dann zieht er einen großen, dicken Filzstift aus der Tasche und kritzelt damit sein Autogramm quer über die Seite, sodass die alten Schriftzeichen völlig unleserlich sind!
Hast du tatsächlich gedacht, ein *Filmstar* würde für dich Hieroglyphen entziffern? Im Ernst?
Nun, dann entschlüssel das mal: Ha. Ha-ha-ha. Hah-hah-hah-hah!

ENDE

55

Plötzlich hörst du, wie die Wagentür geöffnet wird. Jemand hebt dich heraus! Dein steifer mumifizierter Körper rutscht in dem hölzernen Sarkophag nach vorne und du stößt dir den Kopf.
Autsch!, denkst du.
»Beeil dich!«, raunt George seinem Kollegen zu. »Das Schiff legt jeden Moment ab! Hilf mir den schweren Sarg an Bord zu bringen.«
An Bord!, schießt es dir durch den Kopf. Wo bringen sie mich nur hin?
RUMMS. PENG. UUUMPF.
Dein Körper wird gegen die Wände des Sarkophags geworfen, stößt erst gegen die eine Seite, dann gegen die andere. Auuuu …
Plötzlich fühlst du dich schwindelig. Benommen. Insgesamt sehr sonderbar. Was ist los?
Vielleicht liegt das daran, dass ich so durchgeschüttelt werde, denkst du.
»Stellen Sie ihn da ab«, befiehlt plötzlich eine tiefe Stimme. »Dann wollen wir uns die lebende Mumie, von der Sie mir erzählt haben, einmal ansehen.«
Diese Stimme kennst du noch nicht. Sie ist dir völlig fremd.
RA-BUMM. Mit einem lauten dumpfen Geräusch stellen die beiden Wachmänner den Sarkophag ab. Dann hebt jemand den Deckel an und schaut zu dir herein. Licht fällt in den Mumiensarg.
»He! Was ist denn mit der passiert?«, ruft der Mann mit der tiefen Stimme. »Sie riecht verfault!«

- *Geh zu Abschnitt* **13**.

56

Du drückst noch fünfmal auf den AUFWÄRTS-Knopf. Endlich vernimmst du das vertraute BING – den Ton, der anzeigt, dass der Lift eingetroffen ist. Die Tür öffnet sich.

O nein!

In deiner Kehle steigt ein Schrei auf, aber kein Laut dringt aus deinem Mund. Du stehst wie gelähmt da.

Vor dir in der Liftkabine steht dein alter Freund, die Mumie.

Dein *sehr* alter Freund.

Die Mumie war wütend, als du ihr das Tagebuch gestohlen hast. Doch das war gar nichts im Vergleich zu ihrer jetzigen Stimmung. Sie hasst Eindringlinge. Und du hast es gewagt, ihre geheiligte Grabkammer zu betreten. Uneingeladen.

Gleich wird dein Besuch in der Grabkammer ein höchst unliebsames Ende nehmen. Und du ebenfalls.

Wenn die Mumie mit dir fertig ist, wirst du jede Menge Mumienbinden nötig haben!

ENDE

57

Mit einem fürchterlichen Scheppern von Tellern, Gläsern und Besteck knallt der Kellner auf den Boden.

Er schaut jammernd zu dir auf. Auf seiner Brust schmilzt eine Schüssel Erdbeereis. Sandwichhälften zieren seine Schultern. Und von seinem Ohr tropft ein dicker Klacks Majonäse herab.

»Was soll das? Wieso hast du das getan?«, fragt er und stöhnt vor Schmerz.

Du blickst auf seinen rechten Arm. Er ist verbunden.
»Uups«, sagst du. Du schluckst. Dein Gesicht läuft knallrot an. »Ich dachte, Sie wären eine Mumie.«
»Eine Mumie?«, wiederholt der Kellner. Er schüttelt den Kopf. »Mannomann, das ist heute nicht mein Tag. Zuerst habe ich mich in die Hand geschnitten und nun das!« Er stöhnt wieder. »Ohhhhhh! Ich glaube, ich habe mir das Bein gebrochen.«
»Was ist hier los?«, will deine Mutter wissen, die in der Schlafzimmertür steht.
»Es – es war ein Unfall, Mom«, stotterst du.
Dann entschuldigst du dich schnell. Bei deinen Eltern. Beim Kellner. Noch einmal bei deinen Eltern. Und sogar bei Susie, weil du sie aufgeweckt hast. Alle sind sauer auf dich. Alle, außer einer Person. Derek. Er lacht und kriegt sich nicht mehr ein.

- *Geh zu Abschnitt* **34**, *um herauszufinden, wieso.*

58

Ein uraltes Smiley-Gesicht? Ein guter Witz! Nein, du findest, dass es wie ein Schwarm von Vögeln aussieht, die um ein Lagerfeuer herum sitzen. Nebenbei bemerkt scheinen sie viel Spaß zu haben. Aber was soll das bedeuten?, fragst du dich. Leider ist niemand in Sicht, der dir die Frage beantworten könnte.
Um dich herum wirbelt Sand auf. Deine Kehle ist so heiß und ausgedörrt, dass du kaum mehr schlucken kannst. Du musst unbedingt Wasser finden.
Das Beste, was du tun kannst, ist weiterzugehen. Und das tust du auch. Du läufst und läufst und läufst.
Zwanzig Minuten. Dreißig Minuten. Noch immer kein Wasser. Doch dann siehst du etwas. Etwas, das du wieder erkennst.
Die Sphinx! Dieses gewaltige Steinmonument hat den Körper

eines Löwen und den Kopf eines Menschen und steht in der Wüste neben den Pyramiden.
Aufgeregt läufst du das letzte Wegstück, nicht viel mehr als hundert Meter, zu dem steinernen Wesen. Es ragt mehr als zwanzig Meter hoch über dir auf.
Wow, denkst du, während du an der Sphinx hochblickst. Sie hat etwas Unheimliches und Rätselhaftes an sich. Sie sieht aus, als ob sie ein Geheimnis kenne, das sie nicht verrät.
Plötzlich hörst du eine Stimme. Eine gewaltige, dröhnende Stimme, die von der riesigen Statue kommt.
»Kehre um«, befiehlt die Sphinx. »Der Zutritt zu den Gräbern der Könige ist nicht gestattet!«
• *Geh zu Abschnitt* **119**.

59

Zehn Minuten verstreichen. Zwanzig.
Du stehst in der Abstellkammer, in deinem Versteck, und wartest darauf, dass dich jemand findet.
Aber wer wird das sein?
Du hasst diesen Teil der Geschichte. Es ist wie Versteckenspielen, während man darauf wartet, entdeckt zu werden.
Plötzlich hörst du Schritte im Korridor. Leise Schritte.
Du hältst den Atem an.
Direkt vor der Abstellkammer halten die Schritte an.
Stille.
Wieso kommt er nicht herein?, fragst du dich. Worauf wartet er?
Ist es Derek?
Du wagt es nicht, die Tür zu öffnen. Was ist, wenn es nicht Derek ist? Was sollst du tun, wenn es jemand anderes ist?
Noch immer herrscht Stille.

Schließlich streckst du die Hand nach dem Türgriff aus. Doch bevor du ihn berührst, bewegt er sich von selbst. Die Tür geht auf.
Nein!
Du – dein Körper, dein Gesicht – stehst vor der Tür im Gang. Doch das bist nicht du. Es ist die Mumie in deinem Körper. Rasch greift sie nach dir und packt dich am Hals!

• *Geh zu Abschnitt* **42**.

60

Deine Hand zittert, als du Seite für Seite umblätterst. Doch sie sehen alle gleich aus. Überall nur Hieroglyphen!
Angst und Schrecken ergreifen von dir Besitz. Wie ist es möglich, dass das Tagebuch in Hieroglyphen geschrieben ist? Bist du nicht nur im Raum, sondern auch in der Zeit gereist?
Du schaust herum und siehst einige Leute in moderner Kleidung.
Okay, beruhigst du dich selbst. Zumindest befinde ich mich noch immer in der Gegenwart.
Gut möglich, dass du noch die Möglichkeit hast, nach Hause zurückzukehren.
Und genau da willst du jetzt unverzüglich hin!
Du machst auf dem Absatz kehrt und steuerst auf die Treppe zu. Doch ein junger Ägypter in einem langen, weißen Gewand versperrt dir den Weg. Er hat glatte, braune Haut, schwarzes Haar und blitzende braune Augen. Du bemerkst, dass er ein Abzeichen trägt. Er scheint eine Art Wachposten zu sein.
»Kein Zutritt«, sagt er in Englisch.
»Aber ich bin doch gerade hier herausgekommen!«, schnaubst du.

»Kein Zutritt«, antwortet er. »Die Große Pyramide ist nicht geöffnet.«

- *Geh zu Abschnitt* **128**.

61

Du sagst dir, dass Derek Recht hat. Du kannst der Mumie das Tagebuch nicht geben. Du hättest ein ungutes Gefühl dabei, mit Magie herumzuspielen, vor allem mit Magie, die jemanden ins Leben zurückbringt, der seit viertausend Jahren tot ist!

»Keine Chance«, sagst du zu der Mumie. Dann zerreißt du vor ihren Augen das Tagebuch, um sicher zu gehen, dass sie es nicht in die Hände bekommt.

Die Mumie glotzt dich aus ihren tiefen Augenhöhlen an. Ihr Blick lässt dich schaudern.

Oh, oh. Nun ist sie wütend. Fuchsteufelswild.

»Dann … muss … ich … Rache … nehmen«, sagt die Mumie mit ihrem üblichen Pfeifen zwischen den einzelnen Wörtern. Sie packt dich blitzschnell am Handgelenk. Sie ist unglaublich stark!

»Du … kommst … mit … mir …«, sagt sie und zerrt dich in Richtung Korridor. »Oder …«

Oder? Es gibt eine Wahlmöglichkeit?

»Oder … du … überlässt … mir … dieses … Kind.«

Bei dem letzten Wort lässt die Mumie dein Handgelenk los und deutet auf deine kleine Schwester, die noch immer auf der Couch schläft.

Hmmm …

- *Wirst du in Abschnitt* **6** *mit der Mumie mitgehen?*
- *Oder lässt du in Abschnitt* **64** *zu, dass die Mumie Susie mitnimmt?*

62

Dein Herz schlägt schneller und schneller. Im Tagebuch stand also die Wahrheit. Aber wie kann das sein? Wie kann eine uralte Mumie zum Leben erwachen?
Die Mumie ist größer, als du das erwartet hast. Und massiger. Sie scheint an die zwei Meter groß zu sein und ist eher wie ein Footballspieler gebaut als wie ein toter König.
Sie könnte mich mit einer Hand platt machen, geht es dir durch den Kopf.
SCHRAPP … SCHRAPP …
Sie kommt näher.
SCHRAPP … SCHRAPP …
Sie ist größer als der Mumiensarg, stellst du fest. Doch wie kann das sein? Ist sie etwa gewachsen, seit sie zum Leben erwacht ist?
Du hörst jetzt besser auf dich zu wundern und machst dir allmählich Sorgen. Weil du so fasziniert von der Mumie bist, hast du völlig vergessen, dass nicht nur du sie sehen kannst, sondern höchstwahrscheinlich auch sie dich!
Rasch ziehst du den Kopf hinter die Säule zurück.
Was nun?
Du versteckst dich mitten in der Nacht vor einer riesigen, lebenden Mumie und weit und breit ist niemand, der dir helfen könnte. Davonzulaufen scheint dir die beste Idee zu sein.
Doch kaum trittst du hinter der Säule hervor, legen sich zwei bandagierte Hände um deinen Hals!

• *Geh zu Abschnitt* 78.

63

Zweitausend Dollar? Für ein altes Buch, das du auf dem Boden gefunden hast? Das hört sich *großartig* an, findest du.
»Dann ist es also abgemacht«, verkündet Web mit funkelnden Augen. »Im Augenblick habe ich nur hundert Dollar bei mir. Aber ich kann den Rest bis zum Nachmittag besorgen.«
Er zieht hundert Dollar aus der Tasche und reicht sie dir. Der Typ ist dir richtig sympathisch!
»Wir treffen uns in zwei Stunden in der Mouski – dem alten Basar. Dann gebe ich dir den Rest des Geldes. Und bis dahin nehme ich das Tagebuch schon einmal mit, damit es in Sicherheit ist.«
»Ähm, ich glaube nicht, dass mir *das* recht ist«, sagst du. Doch bevor du ihn daran hindern kannst, schnappt sich Web das Tagebuch und verstaut es in seinem Aktenkoffer. Dann verlässt er eilig das Café und verschwindet in der Menge.
Er wartet noch nicht einmal auf die Limonade.

- *Geh zu Abschnitt* 74.

64

»Nimm sie – nicht mich!«, schreist du.
Wie bitte?
Du lässt zu, dass eine rachsüchtige Mumie deine unschuldige kleine Schwester fortschleppt? Nur um deine eigene Haut zu retten?
Was für ein Ungeheuer bist du denn? Du solltest dich schämen!
»Du … bist … ein … Narr«, flüstert die Mumie, während sie Susie zur Tür hinausträgt.

Siehst du? Selbst die Mumie findet, dass du das Falsche getan hast!
»Ach, wen juckt's?«, sagt Derek, nachdem sie fort sind. »Sie war sowieso eine echte Plage.«
Na ja, vielleicht. Aber weißt du was? Deine Schwester, die kleine Plage, war schlauer, als du dachtest. Sie hat nur so *getan*, als ob sie schliefe. Und als du nicht aufgepasst hast, hat sie sich die Stücke des Tagebuchs direkt vor deiner Nase geschnappt. Die Fetzen hat sie sich unter ihr Nachthemd geschoben und mitgenommen. Später hat sie der Mumie dabei geholfen, die Einzelteile zusammenzukleben und herauszufinden, was die Mumie zu tun hat, um ins Leben zurückzukehren.
Und weißt du noch was? Als die Mumie wieder ein Mensch war, wurde sie berühmt. Susie ebenfalls. Und die Mumie war Susie so dankbar, dass sie deine kleine Schwester mit Geschenken und Juwelen überhäufte und mit einem kleinen Königreich bedachte. Und natürlich bekam sie auch einen Filmvertrag in Hollywood.
Und nun lässt Susie dich in dem Film noch nicht einmal dich selbst spielen. So, das hast du nun davon!

ENDE

65

Der Lichtschein der Fackel schwindet. Bald wird sie heruntergebrannt sein.
Rasch! Präge dir den Lageplan ein und den Weg, den du nehmen musst, um zum Fahrstuhl zu kommen. Denk dran – du befindest dich jetzt in der Grabkammer. Wenn du die Gruft verlässt, musst du dich gleich an der ersten Weggabelung entscheiden.

Welchen Gang gehst du? Rechts oder links?
Na, das war noch einfach. Aber jetzt gelangst du an zwei, drei weitere Abzweigungen und Kreuzungen, an denen du dich entscheiden musst.
Rechts oder links?
Kümmere dich nicht um die Stellen, an denen der Gang eine Biegung macht. Folge ihm einfach. Alles, was du zu tun hast, ist, an den Gabelungen und Abzweigungen die richtige Entscheidung zu treffen.
Präge dir unbedingt ein, welchen Weg du an den drei Stellen jeweils zu wählen hast, denn sobald die Fackel abgebrannt ist, gehst du im Dunkeln.
Tu es jetzt.
Welcher Weg führt von der Grabkammer zum Fahrstuhl?

- *Musst du links, dann rechts, dann wieder rechts und schließlich geradeaus gehen? Dann blättere zu Abschnitt* **127**.
- *Oder musst du links, dann rechts, dann links und wieder rechts gehen? Dann blättere zu Abschnitt* **109**.

66

In der Tür steht die Furcht erregendste Erscheinung, die du in deinem ganzen Leben gesehen hast.
Du!
Zumindest *sieht* dein Gegenüber so *aus* wie du. Dir ist klar, dass es in Wirklichkeit die Mumie ist. Erst hat sie deinen Körper gestohlen und nun wohnt sie in deinem Hotelzimmer. Und sie hat deine Sachen an!
In deinem Schlafanzug sieht sie ziemlich albern aus.
Die Mumie – die wie du aussieht – lacht dir ins Gesicht.

Dann schlägt sie die Tür zu und verriegelt sie zweifach.
He ...!, willst du schreien. Doch du bringst keinen Ton heraus.
Da wird dir klar ... du kannst nicht sprechen!

- *Geh zu Abschnitt* 75.

67

Du hast eine Münze geworfen und sie landet mit dem Kopf nach oben.
Oder besser: Sie wäre mit dem Kopf nach oben gelandet. Doch unglücklicherweise ist die Münze, die George geworfen hat, eine dieser Trickmünzen mit zwei gleichen Seiten. Beide Seiten zeigen Zahl. Die Münze hat gar keine »Kopf«-Seite!
Natürlich! Das ist der Grund, wieso er so darauf gedrängt hat, eine Münze zu werfen!
Das bedeutet leider, dass dich das Glück verlassen hat.

- *Wenn du die Geschichte weiterlesen möchtest, wirf eine Münze so lange, bis Zahl erscheint.*
  Dann geh zu Abschnitt 17.

68

Entsetzen schnürt dir die Kehle zu, als die Mumie abermals auf den Sarkophag deutet und ihre Worte wiederholt: »Rein ... da.«
Natürlich möchtest du das auf keinen Fall tun. Du sollst dich in eine modrige alte Kiste legen? In der die Mumie jahrhundertelang tot gelegen hat? In der du womöglich für alle Ewigkeit eingesperrt sein wirst? Der Gedanke ist grauenhaft.
Aber was bleibt dir anderes übrig? Wie die Dinge liegen, taucht

Derek nicht auf. Er steht noch immer stocksteif im Hotel, zur Bewegungslosigkeit verdammt durch irgendeinen uralten Bann, mit dem die Mumie ihn belegt hat.
Wenn du nicht hineinsteigst, wird die Mumie mit dem Finger auf dich zeigen und dich ebenfalls erstarren lassen, denkst du. So hebst du erst das eine Bein, dann das andere und steigst in die kleine vergoldete Truhe. Der Mumiensarg ist der Form eines Menschen nachgebildet.
Ein Schauder überläuft dich, als du dich hinlegst. Wie kommt es, dass du wie angegossen hineinpasst? Wie kommt es, dass es sich anfühlt, als wäre er speziell für dich gemacht? Steckt da wieder Mumienzauber dahinter?
Und wie lange wirst du darin bleiben müssen? Wirst du in der Lage sein zu atmen? Wird dich die Mumie *lebendig* begraben?
Die Mumie hebt den schweren hölzernen Deckel und senkt ihn langsam über dich. Nur ein Augenblick noch und du liegst versiegelt in einer Kiste ohne Luftzufuhr – möglicherweise für immer! Du musst dringend etwas unternehmen!
• *Geh zu Abschnitt* 72.

69

Voller Entsetzen krallst du beide Hände in die Bandagen. Du zerrst an ihnen, versuchst sie von den Armen zu reißen, von deinem Hals …
Doch mittlerweile sind deine beiden Hände bandagiert. Es ist, als würdest du dünne Fäustlinge tragen. Du kannst den Stoff nicht richtig packen. Je mehr du dich bemühst die Bandagen abzustreifen, desto fester umschließen sie dich.
Du schaust auf deine Beine hinab. O nein! Sie sind ebenfalls eingewickelt. Nun bist du von Kopf bis Fuß bandagiert.

Wie eine Mumie!
Nein!, möchtest du schreien. Doch du bringst keinen Ton heraus.
Da hörst du erneut ein Poltern. Einen Augenblick später tritt eine Gestalt aus der Dunkelheit hervor.
Du keuchst und taumelst rückwärts.
Es ist die Mumie!
Erschreckt starrst du auf ihren braunen, ledrigen, vertrockneten, verschrumpelten Körper.
Da setzt sie sich in Bewegung, kommt geradewegs auf dich zu.
• *Finde in Abschnitt* **82** *heraus, was sie von dir will.*

70

Du entscheidest dich dafür, den Gang unter die Lupe zu nehmen. Du trittst hinein und beginnst die sanfte Steigung hinaufzugehen.
Beinahe augenblicklich verspürst du einen Luftzug. Eine unheimliche Kälte liegt in der Luft. Wo kommt die Brise her? Vielleicht führt dieser Gang geradewegs nach draußen, denkst du.
Doch dann macht der Gang plötzlich eine scharfe Biegung und beginnt abzufallen.
Du folgst ihm weiter, obwohl das Licht immer schwächer wird.
Du bist schon so weit gegangen. Da kannst du genauso gut herausfinden, wo dieser Gang hinführt.
Ein paar weitere Schritte abwärts und – autsch! – du schrappst mit den Schultern an den Wänden entlang.
Der Gang wird immer noch enger, stellst du fest. Bald ist er so eng, dass du dich seitlich drehen musst, um hindurchzupassen.
Und was ist das für ein seltsamer Geruch? Es riecht nach verbranntem Gummi oder etwas Ähnlichem. Es prickelt in deiner Nase und schnürt dir den Hals zu.

Auf einmal bist du dir nicht mehr sicher, ob es wirklich eine so gute Idee war, den Gang zu erforschen. Allmählich fragst du dich sogar, ob das Ganze nicht ein Riesenfehler war.
Doch du kneifst nicht gern vor einem Abenteuer. Und überhaupt – wie gefährlich kann der Keller eines Bürogebäudes denn schon sein?

- *Wenn du weitergehen willst, blättere zu Abschnitt* 93.
- *Wenn du lieber umkehren möchtest, dann geh geschwind zurück zu der Steintreppe in Abschnitt* 83.

71

Der Polizist legt deinem Dad die Handschellen an! Deine Familie steht wie vom Blitz getroffen da und glotzt.
»Leute, ihr müsst ja wohl verrückt sein!«, sagt einer der Beamten. »Sich derartig an einer unschätzbar wertvollen ägyptischen Ausstellung zu vergreifen. Heute Abend ist eine Anzeige wegen einer gestohlenen Mumie bei uns eingegangen, aber ich hätte nicht gedacht, dass wir sie so schnell finden würden!«
Deine kleine Schwester fängt zu weinen an.
Derek schreit: »Warten Sie! Warten Sie! Sie machen einen Fehler!«
Doch das Verrückteste an der ganzen Situation ist das, was die Mumie macht: Sie bricht in Gelächter aus.
Als ob sie einfach nichts dagegen tun könnte. Sie lacht und lacht und lacht. Sie kann nicht mehr aufhören. Aber ihr Lachen klingt ganz anders als deines! Es ist eher ein bösartiges Kichern!
Selbst die Polizisten sehen die Mumie jetzt argwöhnisch an.
Deine Mom blickt auf dich hinab. Du liegst noch immer auf dem Boden. Und sie lächelt! Sie lächelt dich an. Rasch erhebst du dich, läufst zu ihr und verkriechst dich hinter ihr.

Die beiden Polizisten schnappen nach Luft! Einer von ihnen greift nach seiner Pistole! Doch deine Mom packt ihn am Arm und hält ihn zurück.
»Wagen Sie das ja nicht!«, schreit sie. »Das ist immerhin mein Sohn!«
Nun ist die Mumie an der Reihe, dumm aus der Wäsche zu gucken. Deine Mom hat dich erkannt! Und endlich kannst du dir sicher sein: Die Geschichte findet ein glückliches

ENDE.

72

»Hilfe!«, schreist du in der Hoffnung, den Wachmann zu wecken. »Zu Hilfe!«
Die Mumie starrt dich aus ihren leeren Augenhöhlen kalt an, während sie weiter den Deckel senkt.
»Warte!«, rufst du. »Ich kann dir helfen.« Gedanken wirbeln in deinem Kopf umher, während du verzweifelt überlegst, wie du dich retten kannst. Da kommt dir eine Idee.
»Auch ohne das Tagebuch kann ich dich ins Leben zurückbringen«, sagst du.
Für einen langen, langen Moment blickt die Mumie dich an. Ihr pfeifender Atem, der in der marmornen Eingangshalle widerhallt, ist das einzige Geräusch. Wird die Mumie dir glauben?
»Das ... kannst ... du?«, fragt sie schließlich.
»Ja!«, erklärst du mit Nachdruck.
Nun, du kannst es unter einer Bedingung. Wenn du den GÄNSEHAUT-Band *Gib Acht, die Mumie erwacht* gelesen hast – und wenn du dich an den geheimen Zauberspruch erinnern kannst, der die Mumie darin zum Leben erweckt hat!

Denk nach. Dein Leben hängt davon ab!

- *Wenn du denkst, dass er »Klaatu Barada Nikto« lautete, dann geh zu Abschnitt* **32**.
- *Wenn du meinst, er hieß »Teki Kahru, Teki Kahra, Teki Kahri«, dann geh zu Abschnitt* **37**.

73

Dein Herz beginnt zu hämmern. Du möchtest nicht als Erster in die Grabkammer gehen. Du bist dir nicht einmal sicher, ob du sie überhaupt betreten willst.

»Ähm, wozu tun wir das gleich noch mal?«, fragst du Mohammed. »Helfen Sie mir auf die Sprünge.«

Mohammed schiebt sein Gesicht ganz dicht an deines heran, Nase an Nase.

»Wenn du das nicht tust«, sagt er, »dann wird die Mumie in San Francisco aus ihrem Sarg steigen und Tag und Nacht hinter dir herschleichen. Wann immer du dich umdrehst, wirst du ihre runzlige Haut und ihre leeren, Furcht erregenden Augenhöhlen sehen. Du wirst das Echo ihrer gequälten Schreie hören, die sie ausstieß, als die Hohepriesterin sie in die Binden wickelte und lebendig begrub. Sie wird dich in deinen Tagträumen verfolgen und nachts in Alpträumen heimsuchen. Du wirst keinen einzigen Gedanken mehr denken können, ohne ihr Bild im Augenblick ihres Todes vor Augen zu haben. Du wirst ihre Todespein kennen lernen, wenn ...«

»Okay! Okay! Das reicht!«, schneidest du ihm das Wort ab. »Was soll ich also tun?«

»Geh da hinein«, sagt Mohammed und deutet auf die Grabkammer.

- *Tritt in Abschnitt* **15** *in die Grabkammer ein.*

74

Zwei Stunden später nimmst du ein Taxi zur Mouski. Das ist ein alter Teil Kairos – ein Markt unter freiem Himmel, auf dem lauter Händler und Handwerker Gold, Edelsteine, Seide, Gewürze, Elfenbein und Parfüm feilbieten.
Wie soll Web dich in diesem Menschenauflauf finden?, fragst du dich.
Du wartest, während es dir von Minute zu Minute heißer wird und deine Nervosität steigt. Die Art und Weise, wie Web vorhin mit dem Tagebuch verschwunden ist, hat dir gar nicht behagt. Und die Art, wie die hochstehende ägyptische Sonne auf dich herabknallt, gefällt dir auch nicht.
Eine Stunde ... zwei Stunden ...
Am späten Nachmittag dämmert dir schließlich die Wahrheit. Du bist geleimt worden. Web kommt nicht. Er hat dir das Tagebuch gestohlen und diese spätere Verabredung auf dem Basar war ein mieser Trick!
Ein totaler Reinfall.
Nun, immerhin hast du bei der Sache hundert Dollar verdient. Die werden sicher für ein Telefongespräch nach Hause reichen. Du schaust herum und versuchst herauszufinden, wo du ein Überseegespräch führen kannst. Da tritt plötzlich ein Araber auf dich zu, der ein Kamel dabeihat.
»Hier«, murmelt er dir mit gedämpfter Stimme und mit starkem Akzent ins Ohr. »Nimm dieses Kamel und verschwinde von hier! Dein Leben ist in großer Gefahr!«
• *Geh rasch zu Abschnitt* 39.

75

Einen Moment lang stehst du auf dem Gang und glotzt die verschlossene Tür an.
Ausgesperrt.
Ausgesperrt aus deinem Hotelzimmer.
Ausgesperrt aus deiner Familie.
Ausgesperrt aus deinem eigenen Leben.
Und niemand weiß etwas davon!, dämmert es dir. Deine Familie hält die Mumie höchstwahrscheinlich für dich!
Wieso auch nicht? Sie sieht schließlich aus wie du …
»Nein!«, willst du schreien. »Du kannst mir doch nicht einfach so mein Leben stehlen!«
Aber kein Ton dringt aus deinem Mund.
Plötzlich vernimmst du ein Geräusch. Der Fahrstuhl! Jemand kommt.
Dein Herz schlägt schneller.
Lass nicht zu, dass mich jemand sieht, denkst du. Bitte.

- *Rasch – versteck dich in Abschnitt* **10**!

76

»Was hast du mit meinem Bruder angestellt?«, kreischst du.
Doch die Mumie gibt dir keine Antwort. Sie atmet nur pfeifend weiter.
Entsetzt mühst du dich ab, die Fesseln zu lösen und die Hände vors Gesicht zu heben. Tatsächlich gelingt es dir, eine Hand freizubekommen. Am liebsten würdest du losschreien, als du deine Finger siehst. Sie sind knochig, braun, verschrumpelt und vertrocknet – genau wie die der Mumie. Und wie Dereks Finger.

Schließlich berührst du deine Wange und fühlst nach deinen Augen.
»NEIN!«, brüllst du, als deine Figner in die tiefen leeren Augenhöhlen gleiten.
Deine Augen sind verschwunden!
Aber wie kann das sein?, fragst du dich. Du kannst immer noch sehen.
Doch plötzlich scheint die ganze Welt schwarz zu werden. Du kannst nichts mehr sehen, nichts mehr hören und nichts mehr fühlen – außer, dass du im Kreis herumwirbelst und dass dir davon schrecklich schwindlig wird.
• *Geh zu Abschnitt* **107**.

77

Neeeiiinnn! Das Abnehmen der Bandagen hat nichts gebracht! Du bist noch immer eine Mumie.
Dein Schrei schallt so laut durch die Halle, dass der schlafende Sicherheitsbeamte aufwacht. Er hat bis jetzt friedlich geschnarcht, den Kopf auf dem Tisch.
Erschrocken fährt er auf und walzt zu der Stelle, an der du stehst.
»Herrjemine!«, ruft der Wachmann. »Was zum Geier …?«
Der Wächter ist ein Typ mit kugelrundem Bauch und einer roten Nase.
Er greift sofort an seinen Gürtel, wo wahrscheinlich sein Halfter hängt.
Nein, denkst du. Bitte erschieß mich nicht. Ich will nicht sterben!
Du setzt zum Rückzug an. Doch statt eines Revolvers nimmt der Wachmann ein Walkie-Talkie vom Gürtel. Er drückt auf einen Knopf und spricht hinein.

»George? Komm schnell! Hier gibt es ein Problem!«, schreit der Wächter.
Dann geht er auf dich zu. Er sieht aus, als würde er sich fürchten. Er hebt die Fäuste.
Nein, warten Sie!, willst du sagen. Ich bin doch nur ein Kind!
Deine Lippen formen die Worte, aber deine Stimme versagt. Du bringst keinen Ton heraus.
Du kannst nicht mehr sprechen!
• *Geh zu Abschnitt* **113**.

78

»Nicht!«, schreist du, obwohl dich die Mumie beinahe erwürgt und du kaum Luft bekommst. Deine Stimme kommt erstickt und kläglich heraus. Sie ist nicht einmal laut genug, um den Wachmann zu wecken.
Die Mumie hebt dich am Hals vom Boden hoch. Du umklammerst die bandagierten Hände und versuchst sie von deinem Hals zu lösen. Der Griff lockert sich ein wenig, gerade so viel, dass du atmen kannst. Doch die Mumie lässt dich nicht los.
Du schaust ihr in die Augen. Sie wirken hohl und leer. Tot.
Da öffnet die Mumie den Mund.
Will sie sprechen?
Was wird der uralte König dir sagen?
• *Das findest du in Abschnitt* **121** *heraus.*

79

Du wählst die rechte Abzweigung.
Am Ende des Gangs gelangt ihr zu einer geräumigen, rechteckigen Grabkammer. Drin siehst du im Schein von Mohammeds Fackel einen steinernen Sockel, auf dem der Sarkophag der Mumie gestanden hat. Nun ist die Mumie in San Francisco und wird dort ausgestellt. Aber verschiedene Dinge, die einst dem König Buthramaman gehört haben, befinden sich noch hier.
»Das ist also die Grabkammer der Mumie?«, erkundigst du dich mit leiser Stimme.
Mohammed nickt.
»He – was ist das?«, fragst du. Du hast eine Holzkiste in Form einer Schlange entdeckt, die Scharniere hat und golden bemalt ist.
»Das ist der Platz, an den das Tagebuch gehört«, sagt Mohammed. »Leg es hinein.«
Er hat Recht. Das Tagebuch passt wie angegossen in die Kiste.
»Nun muss ich dich verlassen«, sagt Mohammed. »Es ist mir untersagt, mich in der Grabkammer des Königs aufzuhalten. Aber ich gebe dir diese Karte und eine kleine Fackel.« Er händigt dir beide Dinge aus. »Die Fackel wird dir lange genug Licht spenden, dass du dir die Karte gründlich ansehen kannst. Wenn du die richtigen Entscheidungen triffst, wirst du den Weg durch das mystische Tor zurück in dein Land finden. Es war die Magie der Mumie, die dich hierher versetzt hat, und derselbe Zauber kann dich auch wieder zurückbringen. Viel Glück.«
»Warten Sie!«, schreist du.
Doch es ist zu spät. Mohammed ist bereits aus der Grabkammer hinausgestürzt.

• *Geh zu Abschnitt* 108.

80

Die Polizei? Deine Eltern rufen die Polizei, damit die dich fortschaffen?

Bei dem Gedanken rast dein Herz voller Panik.

Dir ist klar, was als Nächstes passieren wird. Ein Rudel Museumsmenschen wird sich auf dich stürzen und dich gründlich untersuchen. Oder Wissenschaftler der Regierung. Sie werden dich einsperren, mit dir experimentieren, dich vielleicht sogar aufschneiden!

Mom! Dad!, schreist du unhörbar. Seht ihr denn nicht, dass ich es bin?

Plötzlich kommt dir eine Idee.

Du entspannst die Arme und spielst tot. So tot, wie es eine Mumie eigentlich sein sollte.

Jeder Muskel deines Körpers erschlafft.

Du liegst völlig regungslos auf dem Boden und atmest kaum.

Augenblicke später stürmt die Polizei zur Tür herein. Sie finden eine normal aussehende Familie vor, die dicht aneinander gedrängt vor einer reglosen ägyptischen Mumie steht.

»Eine lebende Mumie! Tja, das ist mal was Neues«, hörst du einen der Beamten sagen: »Sieht sie für dich lebendig aus?«

Der andere Polizist kichert. »Also, ich hab ja schon die tollsten Geschichten gehört, aber die ist mir neu.« Dann setzt er hinzu: »Okay, dann nehmen wir Sie mal mit!«

Der Polizist tritt mit Handschellen in der Hand auf deinen Dad zu!

• *Geh zu Abschnitt* 71.

81

Vergiss ihn, sagst du dir. Er ist doch nur ein Filmschauspieler. Was kann er im richtigen Leben schon über Hieroglyphen wissen?
Außerdem entdeckst du hinter dem Filmset einen Verpflegungswagen!
Dort gibt es etwas zu trinken!
Einen Moment später sitzt du mit einer Flasche eisgekühlter, erfrischender Cola im Schatten einer der Pyramiden.
Du holst das Tagebuch wieder aus der Tasche und betrachtest die Bilder darin.
Da gibt es die Seite mit den Vögeln (Abschnitt 7). Und es gibt eine weitere mit Fischen. Dir fällt auf, dass sich auf jeder Seite in der oberen Ecke ein, zwei oder drei Sterne befinden.
Einer der Filmstatisten setzt sich neben dich. Er schaut dir über die Schulter und entdeckt das uralt aussehende Manuskript in deiner Hand.
»He«, sagt er und deutet auf die Seite mit den Vögeln. »Das Restaurant im Zentrum von Kairo gibt es immer noch. Petes Hühnergrill. Der beste Laden in der Stadt.«
Restaurant? Hühnergrill? Wovon redet der Typ?
Da dämmert es dir. Die Bilder von Vögeln und Fischen. Die Sterne auf den Seiten. Das Tagebuch ist ein Restaurantführer! Wer hätte gedacht, dass Buthramaman der erste Restaurantkritiker der Welt war!
Oje, nimm dir das nicht zu sehr zu Herzen. Immerhin hast du das Geheimnis des Tagebuchs der Mumie enträtselt. Und du weißt nun jedenfalls, wo man gut essen kann.

ENDE

82

Es ist doch nicht möglich, dass das wirklich passiert!, sagt dir dein Verstand. Was in dem Tagebuch steht, *kann* nicht wahr sein! Eine Mumie kann nicht wieder zum Leben erwachen. Schon gar nicht, nachdem sie viertausend Jahre tot ist.

Doch da ist sie! Und nun kommt sie schnurstracks auf dich zu! Ihre Nase bildet einen spitzen Höcker in ihrem braunen Gesicht. In ihren Augenhöhlen befinden sich keine Augäpfel. Stattdessen gibt es nur große, klaffende Löcher. Der Mund ist halb zu einem schaurigen Grinsen, halb zu einem Schrei geöffnet.

Sie ist so klein, denkst du. Sie hat etwa deine Größe, ist allerdings viel dünner. Knochiger. So klein und doch so Furcht erregend!

Einen kurzen Augenblick lang hast du Mitleid mit ihr.

Doch das vergeht rasch, denn die Mumie rückt unaufhaltsam näher … und näher …

Bevor du weißt, wie dir geschieht, streckt sie die Hand aus und berührt dein Gesicht.

Etwas durchzuckt deinen Körper – wie ein elektrischer Schlag. Dann zieht die Mumie die Hand zurück. Dir bleibt beinahe das Herz stehen, während du beobachtest, was nun geschieht.

Die Mumie beginnt sich zu verwandeln.

In dich!

- *Versuch dein Zittern zu unterdrücken, während du zu Abschnitt* **94** *gehst.*

83

Du beschließt, lieber die Steintreppe zu nehmen, die links vom Hauptgang abzweigt. Der enge Gang ist dir nicht ganz geheuer. Nach wenigen Stufen erreicht die Treppe ihr Ende. Du siehst eine weitere Treppe, die aufwärts führt. Du beginnst, sie hinaufzusteigen.

Deine Füße schrappen über etwas Körniges am Boden. Du schaust hinunter und siehst Sand.

Sand?

Das ist wirklich seltsam, denkst du, als du einen weiteren steinernen Treppenabsatz erreichst. Allmählich hast du das Gefühl, als ob du schon seit Tagen treppauf und treppab klettern würdest. Du streckst und schüttelst die Beine aus, dann steigst du die Stufen hinauf.

Wo werden diese Treppen enden?, fragst du dich. An einem Hinterausgang des *Pyramid Buildings*? Oder führen sie in ein anderes Gebäude?

Eine warme Brise zerzaust dir das Haar, als du dich dem oberen Ende der Treppe näherst.

Das ist sonderbar, denkst du. Heute Morgen war es eisig. Und der Wettermann im Fernsehen hat Regen angesagt.

Schließlich erreichst du das Treppenende. Du trittst ins Freie hinaus und blinzelst, während sich deine Augen auf den strahlenden Sonnenschein einstellen.

»Was?« Du bekommst den Mund nicht mehr zu, als du mit großen Augen auf die Szenerie vor dir blickst.

Sand? Kamele? Pyramiden? Wüste?

Ist das …? Nein, das kann nicht sein. Bist du etwa in Ägypten?

- *Geh zu Abschnitt* **95**.

84

Die wütende Stimme der Mumie jagt dir einen Schrecken ein. »Schließ ... den ... Deckel!«, ruft sie mit dröhnender Stimme. Zitternd tust du, wie geheißen, und schließt den Deckel des Mumiensarges. Dann beginnst du die uralten Worte aufzusagen. *»Teki Kahru, Teki Kahra, Teki Khari«*, sagst du und deine Stimme bebt dabei. *»Teki Kahru, Teki Kahra, Teki Khari.«*
Das war zweimal.
Du sagst den Spruch ein drittes Mal auf. Allmählich wird deine Stimme fester. Du konzentrierst dich darauf, dass du die Worte in der richtigen Reihenfolge rezitierst. *»Teki Kahru, Teki Kahra, Teki Khari.«*
Dann ein viertes Mal. *»Teki Kharu, Teki Kahra, Teki Khari.«*
Du holst tief Luft. Einmal noch und die Mumie kehrt ins Leben zurück. Du zögerst und schluckst.
Möchte ich das wirklich?, fragst du dich. Was ist mit Dereks Warnung? Wie war das noch mal: Du solltest dich besser nicht mit Toten einlassen? Wieso verschwindest du nicht einfach und lässt die Mumie da liegen, eingeschlossen in ihrer Truhe?

- *Denk darüber nach, während du zu Abschnitt* **25** *gehst.*

85

Du nimmst einen Schluck von deiner Limonade.
Bist du *verrückt*?
Blaue Limonade? Ich meine, also bitte! Wer hat denn je von *blauer* Limonade gehört?
Sie könnte vergiftet sein! Sie könnte ein Schlafmittel enthalten! Das ist schrecklich unvorsichtig! Du solltest nicht muttersee-

lenallein in Ägypten herumlaufen, wenn du nicht besser aufpasst.
Nun – das ist kein Problem. Denn du läufst nicht mehr allein in Ägypten herum.
Du bist draußen! Das Spiel ist aus!
Was immer in der Limonade war, hat dich augenblicklich einschlafen lassen. Und als du aufwachst, ist das Tagebuch verschwunden.
Natürlich hast du ohne das Tagebuch in diesem Buch nichts verloren. Also klapp es sofort zu. Und wenn du es das nächste Mal öffnest, versuch vorsichtiger zu sein. Bitte!

ENDE

86

»Wiiirklich?«, sagt der Arzt bedächtig. »Eine *lebende* Mumie?« Er tritt auf dich zu und betrachtet dich über den dünnen Goldrand seiner Brille hinweg. »Erstaunlich!«
»Ich würde zu gerne sehen, was in diesem Kerl steckt«, sagt die Ärztin. »Du nicht?«
Der Arzt nickt und grinst. »Wir könnten eine Menge Geld damit verdienen«, murmelt er.
Die Art und Weise, wie die beiden dich ansehen, gefällt dir ganz und gar nicht. Das Glitzern in ihren Augen hat etwas Unheimliches. Und ihre gierigen Mienen wirken bedrohlich.
Und was soll das bedeuten – »sehen, was in ihm steckt«? Eines ist jedenfalls sicher: Das hört sich gar nicht gut an!
Die Ärztin verstärkt ihren Griff um dein Handgelenk.
Du blickst auf die Straße, ob die Limousine noch irgendwo zu sehen ist. Ja, da hinten ist sie.

Was wirst du jetzt tun?

- *Wenn du dich losreißen und auf die Straße laufen willst, dann geh zu Abschnitt* **91**.
- *Wenn du dich weiter im Eingang verbergen und bei den beiden Ärzten bleiben möchtest, dann geh zu Abschnitt* **112**.

87

Wasser, sagst du dir. Ich brauche unbedingt Wasser.
Das ist alles, woran du denken kannst. Wenn es dort unten in der Grube Wasser gibt, dann musst du da hinunter.
Deshalb bewegst du dich so langsam wie nur irgend möglich an dem Krokodil vorbei.
Ein böser Fehler.
Denn das Krokodil sagte sich gerade: Fressen. Ich brauche unbedingt was zu fressen.
Tja, dumm gelaufen. Das bedeutet: kein Wasser, kein Schatz, kein Entkommen vor dem Krokodil. Sieht ganz so aus, als wäre Buthramamans Schatz Narrengold. Und rate mal, wer der Narr ist?

ENDE

88

Ich verschwinde von hier, entscheidest du. Egal, ob du nun mit der Mumie oder mit dem Wachmann zusammentreffen würdest, höchstwahrscheinlich hätte beides böse Folgen.
Du spurtest durch die vordere Drehtür aus der Eingangshalle

hinaus und läufst durch die dunklen, leeren Straßen zu deinem Hotel.
He – hörst du da Schritte hinter dir?
Doch du schaust nicht zurück. Du willst gar nicht wissen, ob die Mumie hinter dir her ist!
Schließlich stehst du vor deinem Hotelzimmer, sperrst mit deinem Schlüssel auf und schlüpfst hinein.
Puh, denkst du. In Sicherheit!
Glücklicherweise schlafen alle. Die Verbindungstür zum Zimmer deiner Eltern ist geschlossen, also hören sie nicht, dass du hereinkommst.
Genau genommen ist euer Hotelzimmer eine Suite. Deine Eltern liegen im Schlafzimmer und Derek, Susie und du habt das Wohnzimmer für euch. Ein schmaler Lichtstreifen fällt aus dem Bad ins Wohnzimmer. Das Licht wurde für Susie angelassen, die auf dem Sofa schnarcht. Derek liegt auf einem Gästebett.
Auf Zehenspitzen schleichst du an ihm vorbei zu deinem Schlafsack, der auf dem Boden liegt.
Da greift plötzlich eine Hand nach dir und packt dich am Arm!
• *Geh zu Abschnitt* 131.

89

Marvin weist mit einem Kopfnicken in eine Ecke des Raums. Zum ersten Mal siehst du dich um. Du befindest dich in einem riesigen Lagerraum des Museums. Außer dir gibt es noch viele weitere Mumien! Sie liegen nicht weit von dir entfernt auf Tischen in der Ecke.
»Das sagen die anderen auch immer«, erklärt Marvin. »Geben vor, sie hätten eine Familie, zu der sie zurückmüssten. Ich kann sie nicht eine Minute aus den Augen lassen. Sie versuchen stän-

dig zu fliehen. Und ich wäre kein besonders guter Museumsdirektor, wenn ich zulassen würde, dass sich alle meine Mumien absetzen, stimmt's?«

Wovon redet er? Sind die anderen Mumien etwa ebenfalls lebendig? Will er dich nicht gehen lassen?

»Du bist ein wichtiges Relikt aus dem alten Ägypten«, setzt er hinzu. »Ein herausragendes Objekt unserer Sammlung. Du wirst verstehen, dass ich dich unter Verschluss halten muss.«

Er trägt dich zu einem Schrank, zu einem großen Schrank in der Ecke. Er schiebt dich hinein! Einen Moment mal. Du dachtest, er würde dir helfen!

Panisch bewegst du die Hand auf und ab, tust so, als würdest du schreiben. Du hoffst, dass er dir noch einmal Papier und Stift gibt!

»Keine Sorge«, meint er, während er die Schranktür schließt. »Eines Tages wirst du deine Familie wieder sehen – wir schicken ihr Eintrittskarten für die Ausstellung!«

ENDE

90

• *Geh zu Abschnitt* **65**, *aber behalte dabei den Finger auf dieser Seite, damit du jederzeit einen Blick auf den Plan werfen kannst.*

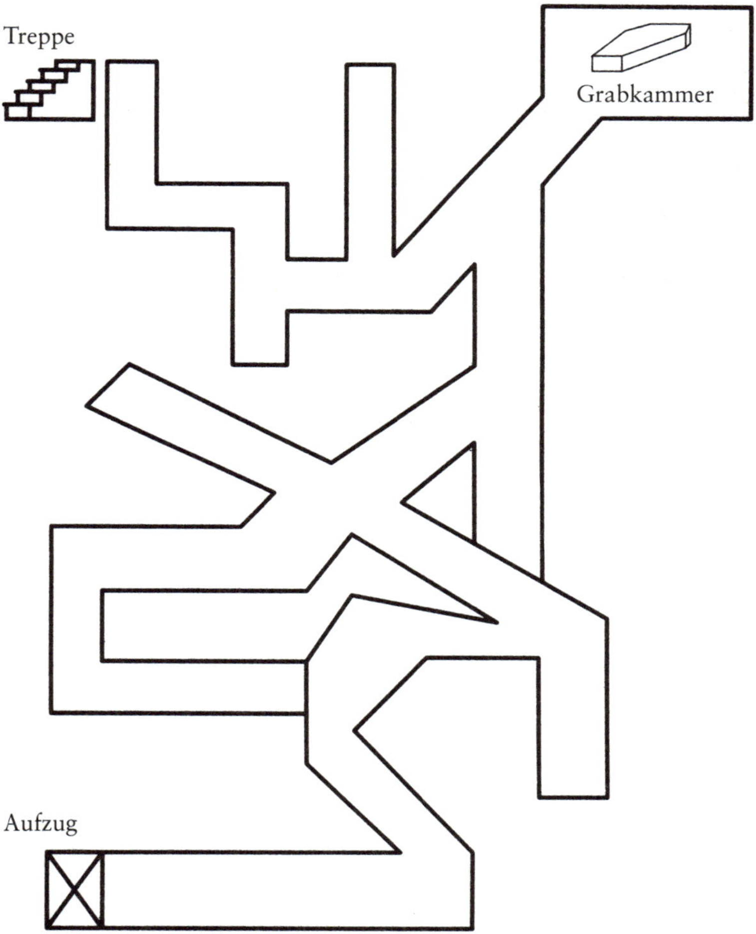

91

Die Ärzte sind miese Ratten, sagst du dir. Sie gucken dich an, als hätten sie gerade in der Lotterie gewonnen – und du bist ihr Hauptgewinn!

Du musst vor ihnen davonlaufen. Ruckartig ziehst du dein Handgelenk zurück und rennst aus dem Eingangsbereich zurück auf den Bürgersteig.

Zum Glück scheint dich der Fahrer der Limousine nicht zu bemerken, obwohl du Bandagen hinter dir herschleifst.

Der Arzt und die Ärztin verfolgen dich, doch es gelingt dir, ihnen zu entkommen. Durch eine Seitentür schleichst du dich in das Hotel und fährst mit dem Lift in den vierzehnten Stock hoch. Du läufst zu dem Zimmer, in dem du mit deiner Familie wohnst.

Du willst den Schlüssel aus der Tasche ziehen, aber da beginnt dein Herz zu wummern. O nein! Fast hättest du es vergessen. Du bist eine Mumie! Keine Taschen, kein Zimmerschlüssel.

Du klopfst an die Tür. Was sollst du sonst tun?

Du hörst Schritte im Zimmer. Gut. Jemand kommt.

Aber wer?

Du hoffst, es ist dein älterer Bruder Derek. Er kann zwar manchmal ein ziemliches Ekel sein, aber normalerweise kommt ihr zwei ganz gut miteinander aus.

Du wickelst dein Gesicht so gut du kannst wieder ein und stemmst die Hände in die Hüften – um möglichst unverfänglich auszusehen.

Die Tür geht auf.

Als du siehst, wer im Türrahmen steht, steigt ein Schrei in deiner Kehle hoch.

- *Wer steht in der Tür? Finde es in Abschnitt* **66** *heraus.*

92

Bevor du weißt, wie dir geschieht, stürzen sich Derek und dein Dad auf dich und packen dich an den Armen. Sie ringen dich unsanft zu Boden.

»Nein, Dad. Ich bin's!«, willst du rufen, aber du kannst ja nicht sprechen.

Stattdessen schreit Susie. Du schielst zu deiner Mutter und hoffst, dass wenigstens sie dich erkennt. Deine eigene Mutter! Doch ihre Augen weiten sich vor Angst. Sie zieht Susie zu sich heran und nimmt deine kleine Schwester fest in den Arm, um sie zu beschützen. Vor dir!

Dabei würdest du doch niemals deiner eigenen Schwester etwas zu Leide tun!

Du wehrst dich und versuchst dich aufzurappeln, doch Derek sitzt auf deinen Beinen und dein Dad hält deine Arme fest.

Du zappelst und zerrst und bekommst einen Arm frei – wenn auch nur für einen Augenblick. Mit deinem umwickelten Zeigefinger deutest du anklagend auf die Mumie. Dann zeigst du auf dich selbst und klopfst dir auf die Brust. Und dann weist du wieder auf die Mumie.

Werden sie es kapieren? Werden deine Eltern verstehen, was du ihnen zu sagen versuchst? Dass die Mumie in Wirklichkeit nicht du ist? Und dass du nicht wirklich die Mumie bist?

Einen Augenblick lang sieht es so aus, als würden sie es verstehen.

• *Geh zu Abschnitt* **102**.

93

He – ein Pluspunkt für dich! Du hast einen großartigen Abenteuergeist.
Das hat allerdings einen Haken: Du merkst nämlich nie, wann du in eine üble Geschichte stolperst.
Haben wir gerade »übel« gesagt?
Haben wir gerade von »stolpern« gesprochen?
Du gehst zwei Schritte, als dein Fuß plötzlich in einer kleinen Spalte im Boden hängen bleibt. Du stolperst – und fällst nach vorn.
»Aaahhhhh!«, hörst du dich selbst schreien, als du stürzt.
Du fällst ... und fällst ... in eine dreißig Meter tiefe Grube!
Endlich landest du auf dem Grund. Wenigstens fällst du auf etwas Weiches! Doch dann beginnst du einzusinken.
Eine dickflüssige warme Masse zieht dich hinab. Die Substanz wird wärmer und wärmer. Nun ist sie kochend heiß und versengt dir die Haut.
Da stellst du fest, dass die Masse Teer ist – brodelnd heißer Teer!
In der Schule hast du von Teergruben gehört. An solchen Stellen haben Archäologen Überreste von Höhlenmenschen und Dinosauriern gefunden. Der heiße Teer bedeckt den Körper und konserviert die Knochen.
Glückwunsch! Du wirst dich ausgezeichnet halten ... für mindestens tausend Jahre!

ENDE

94

Das ledrige Gesicht der Mumie wird weicher und füllt sich. Die vertrocknete Haut wird fleischig und lebendig.
He! Das ist *dein* Gesicht! Doch nicht nur das, die Mumie trägt deine Klamotten!
Dann dreht sie sich um und rennt davon.
Dein Gesicht und dein ganzer Körper fangen zu prickeln an. Etwas geschieht mit dir. Etwas Schreckliches!
Du zerrst und ziehst an den Bandagen, die sich fest um dich gelegt haben. Du kannst fühlen, wie dein Fleisch unter den Binden schrumpelt und austrocknet – als säßest du seit tausend Jahren in einem Backofen.
Das liegt an den Bandagen, sagst du dir. Diese Binden machen irgendetwas mit deiner Haut!
Du bemerkst ein loses Stoffende, das von deinem Körper herabhängt. Du ziehst daran und da löst sich die Bandage um deinen Kopf.
Du musst unbedingt feststellen, was mit dir geschehen ist! Du läufst zum Fahrstuhl, während du verzweifelt versuchst, dich weiterhin aus den Binden zu schälen. Du schaust in die glänzende Chromtür des Aufzugs.
Nein!
Dein Herz hämmert vor Schreck, als du dein Spiegelbild siehst. Dein Gesicht! Es ist braun und ledrig. Deine Haut ist verdorrt und verschrumpelt, dein Mund eine klaffende Öffnung.
Du hast dich in die Mumie verwandelt!

• *Geh zu Abschnitt* **103**.

95

Das gibt's doch gar nicht, denkst du und schüttelst den Kopf. Das kann nicht wahr sein. Das passiert nicht wirklich.
Wie kann es angehen, dass ich in Ägypten bin?, fragst du dich. Wie ist das möglich?
Bleib ruhig, sagst du dir wieder und wieder. Du bist doch gerade aus dem *Pyramid Building* in San Francisco gekommen. In den Vereinigten Staaten von Amerika. Du *kannst* also nicht in Ägypten sein!
Aber du bist es. Du siehst die Pyramiden und Kamele. Du hörst den Wind, der über die Wüste bläst. Du spürst den Sand in deinen Augen. Und du kannst sogar den süßen, blumigen Duft in der Luft riechen.
Du schluckst und überlegst, wie … warum …
Plötzlich dämmert es dir. Das Tagebuch! Dies hier muss etwas mit dem Tagebuch der Mumie zu tun haben!
Du zerrst die uralten Blätter unter deinem Hemd hervor und schlägst sie auf.
Die Worte, die du noch vor wenigen Minuten gelesen hast, sind verschwunden. Stattdessen ist das ganze Tagebuch mit Symbolen und Bildern gefüllt. Mit Hieroglyphen!

- *Geh zurück zu Abschnitt* 60.

96

»Ich weiß, was du jetzt denkst«, sagt Derek. »Es ist merkwürdig, dass die Mumie gestern Nacht verschwunden ist, so wie ich es im Tagebuch geschrieben habe. Das muss ein verrückter Zufall sein.«

»Ja«, pflichtest du ihm halbherzig bei. »Das schätze ich auch.« Aber hundertprozentig sicher bist du dir nicht.
Trotzdem fühlst du dich jetzt viel besser, wo du weißt, dass das alles nur ein Riesenstreich war, auch wenn du dir ein bisschen doof vorkommst. Zumindest ist keine Mumie hinter dir her, die Rache nehmen will.
Während der restlichen Urlaubstage unternehmt ihr eine Menge toller Dinge. Ihr fahrt in der Cable Car und besucht den Golden-Gate-Park. Ihr setzt sogar mit der Fähre nach Alcatraz, der Gefängnisinsel, über.
Erst als ihr wieder zu Hause seid, entdeckst du die Schlagzeile in der Zeitung: FBI SCHNAPPT MUMIENDIEBE UND BRINGT 4000 JAHRE ALTE MUMIE IN EIN BÜROGEBÄUDE IN SAN FRANCISCO ZURÜCK.
Sieht ganz so aus, als wärst du in dieser Nacht nicht allein im *Pyramid Building* gewesen!

ENDE

97

He – du bist kein Narr. Du trinkst überhaupt keine Limonade!
»Was ist los?«, sagt Web und hält dir die blaue Limonade hin. »Willst du deine Limo nicht probieren? Ich wette, sie ist jetzt viel besser, nachdem ich sie für dich zusätzlich habe süßen lassen.«
Du schüttelst den Kopf. »Ich habe keinen Durst«, erklärst du.
Web Woobly beäugt dich misstrauisch. Dann stellt er das Glas ab. Auf seinem Gesicht macht sich ein Lächeln breit.
»Glückwunsch«, sagt er. Er greift in die Tasche und holt seine Brieftasche hervor. Als er sie aufklappt, siehst du seinen Ausweis.

»Ich bin Geheimagent vom FBI«, erklärt er. »Du hast den Test bestanden. Gut gemacht! Es freut mich, dir mitteilen zu können, dass du für ein kleines Team von Kindern ausgewählt wurdest, das uns dabei hilft, internationale Kunstdiebe zu schnappen.«
»Bitte?«, grunzt du. Du bist völlig durcheinander.
»Du hast den Test bestanden!«, wiederholt Web freudestrahlend. »Du hast diese Limonade nicht getrunken, was zeigt, dass du gesunden Menschenverstand und einen hervorragenden Instinkt besitzt. Du hast auch ein gutes Gespür dafür, wie man über wertvolle Kunstschätze verhandelt, muss ich hinzufügen.«
»Wirklich?«, fragst du. Wovon redet dieser Typ?

• *Geh zu Abschnitt* **130**.

98

Nach einer Weile legt sich das Getöse und es wird wieder ruhig. Du schlägst die Augen auf.
Du stehst noch immer oben auf dem Dach des *Coit Tower* und blickst auf die glitzernden Lichter der Stadt unter dir hinab. Die Mumie vor dir ist allerdings verschwunden. Benommen schüttelst du ein paar Mal den Kopf, um ihn wieder klarzubekommen.
Da spürst du eine Hand, die dir auf den Rücken klopft.
»Danke«, sagt eine sanfte Stimme leise.
Du wirbelst herum und siehst einen kleinen jungen Mann mit brauner Haut hinter dir. Er trägt ein altertümlich aussehendes Gewand mit purpurnem und goldenem Besatz. An seinem Hals entdeckst du ein Muttermal, das wie ein Fragezeichen geformt ist. Das Muttermal, von dem in dem Tagebuch steht, dass es seine Untertanen in Angst und Schrecken versetzt hat.
»Sind Sie – waren Sie – die Mumie?«, fragst du ihn.

»Ich bin der letzte große König von Ägypten«, sagt er mit einem scheuen Lächeln. »Danke, dass du mir mein Leben wiedergegeben hast.«
Dann, bevor du ihn noch etwas fragen kannst, dreht er sich um und verschwindet, als hätte er sich in Luft aufgelöst.
»Warten Sie!«, rufst du. »Kommen Sie zurück!«
Und da siehst du ihn wieder. Am Fuß des Gebäudes, ganz tief unten. Wie ist er so schnell dort hinuntergelangt?; fragst du dich. Er schlendert in die Nacht davon. Du siehst ihm nach, bis sein leuchtend gefärbtes Gewand im Nebel verschwindet.

• *Geh zu Abschnitt* **124**.

99

»Einen Termin?«, sagst du. »Ähm, nein. Aber, ähm, er arbeitet für die Regierung. Er soll, Sie wissen schon, diesen Laden überprüfen und herausfinden, ob Ihre Werbung der Wahrheit entspricht. Sie behaupten ja zum Beispiel, dass Sie Leute jünger aussehen lassen können. Aber können Sie das wirklich? Wenn Sie's nämlich nicht können, müssen wir den Laden schließen.«
»Ehrlich?«, fragt die Empfangsdame nervös. »Oh – nun, dann kommen Sie herein. Ich bin sicher, wir können ihn irgendwie einschieben.«
Schon bald sitzt die Mumie bis zum Hals in einer Badewanne voll mit einer grünen schleimigen Pampe. Eine Ganzkörperpackung nennen sie das. Sie soll die Haut der Mumie jünger und glatter werden lassen.
»Du liebe Güte!«, sagt die Angestellte, eine junge Frau, zu der Mumie. »Um Sie wieder in Form zu bringen, wird mehr nötig sein als nur eine Packung. Haben Sie sich in letzter Zeit viel in der Sonne aufgehalten oder so?«

»Ja …«, sagt die Mumie, zwischen jedem Wort pfeifend. »Da …, wo … ich … herkomme …, ist … es … sehr … heiß.«
Du läufst auf und ab, während die Mumie eine komplette Behandlung bekommt. Fruchtsäfte, Gesichtsdampfbäder, Schlammbäder, chemische Hautinjektionen, Vitaminpillen, Kräutertees – und als krönenden Abschluss eine Massage.
Wie stehen die Chancen, dass die Behandlung tatsächlich wirkt?, fragst du dich. Und was wird die Mumie tun, wenn nicht?

• *In Abschnitt* **120** *bekommst du einige Antworten.*

100

Derek und du, ihr schaut euch voller Entsetzen an.
»Deine … Arme!«, schreit Derek und deutet darauf.
Er hat Recht. Deine Arme und Beine sind noch verschrumpelter als zuvor. Deine Haut wird härter und trockener. Wie bei einer Backpflaume. Mit Dereks Haut geschieht dasselbe.
Wenige Minuten später seid ihr beide so geschrumpft, dass euch die Kleider lose am Leib hängen. Sie sehen aus, als wären sie euch mindestens drei Nummern zu groß.
Und ihr schrumpft noch immer.
Schließlich bleibt von dir und deinem Bruder nichts als Staub übrig. Ein kräftiger Wind aus der Bucht bläst eure Überreste bis nach Ägypten. Und dort vermischt sich euer Staub mit den Sandkörnern vor einer uralten Pyramide.
So kommt dieses Abenteuer zu einem trockenen, staubigen

ENDE.

101

»Verschwinden Sie!«, brüllt Marvin die Wachmänner an, die sich davontrollen.
Er hebt deinen verwesenden Körper aus dem Mumiensarg. Das tut er sanft und behutsam.
Dann holt er eine Hand voll Mullbinden aus einer Schublade und beginnt dich wieder zu bandagieren.
Ja!, denkst du. Die Binden fühlen sich kühl und sauber an. Kaum berühren sie deine Haut, geht es dir zusehends besser. Er rettet dich!
Du fühlst, wie deine Kräfte zurückkehren. Du setzt dich auf und schaust Marvin in die Augen.
Er reagiert kein bisschen überrascht! Als ob er erwartet hätte, dass du lebendig bist.
Du bewegst die Hand, tust so, als ob du schreiben würdest. Und er reicht dir gelassen einen Stift und Papier.
»Ich bin ein Kind«, schreibst du entschlossen. »Die Mumie hat mit mir den Körper getauscht und ist dann verschwunden. Sie hat mir meinen Körper gestohlen! Sie müssen mir helfen. Ich muss zu meiner Familie zurückkehren!«
Marvin liest die Nachricht über deine Schulter hinweg und seufzt.
»Ich weiß«, sagt er. »Ich weiß.«
Er weiß Bescheid! Das ist phantastisch!, denkst du. Vielleicht weiß er auch, wie man dich in ein Kind zurückverwandeln kann!

- *In Abschnitt* 89 *erfährst du, was Marvin sonst noch weiß.*

102

Du blickst deine Mutter unverwandt an. *Bitte versteh, was ich sagen will. Bitte. Ich bin's!*
Zögernd öffnet deine Mom den Mund.
»Michael?«, flüstert sie deinem Dad zu. »Ich glaube, sie versucht uns etwas mitzuteilen.«
Dein Dad schaut dir tief in die Augen.
Erkennt er dich? Oder sieht er nichts als leere Augenhöhlen, umgeben von grauenhaftem, vertrocknetem Fleisch?
Bevor dein Dad antworten kann, ergreift die Mumie das Wort. »Stimmt, sie will uns etwas mitteilen. Sie sagt, dass sie hinter mir her ist!«, schreit die Mumie. »Genau wie ich es euch gesagt habe!«
Du siehst, wie die Augen der Mumie kaum wahrnehmbar aufblitzen. Sie kennt die Wahrheit. Sie weiß natürlich, dass sie deinen Körper gestohlen hat! Ihr ist klar, dass sie ihnen eine gewaltige Lüge auftischt!
Doch sonst weiß das niemand.
»Lasst uns den Hotelsicherheitsdienst rufen«, sagt dein Vater. »Oder besser noch, die Polizei.«
»Ja«, pflichtet ihm die Mumie hämisch bei. »Rufen wir die Polizei!«

- *Geh zu Abschnitt* 80.

103

Die Halle dreht sich vor deinen Augen. Du kämpfst dagegen an, in Ohnmacht zu fallen.
Das kann doch nicht wirklich passieren!

Doch ein weiterer Blick in die chromverspiegelte Fahrstuhltür überzeugt dich davon, dass es tatsächlich geschieht.
Du bist eine Mumie.
Erst einmal bist du zu entsetzt, um klar denken zu können. Du bleibst wie gebannt in der Eingangshalle stehen.
Dann hörst du, dass sich der schlafende Wachmann zu regen beginnt.
Oje! Er wacht auf.
Du möchtest ihm – oder auch sonst jemandem – auf keinen Fall gegenübertreten, solange du so aussiehst!
Rasch legst du dir einen Plan zurecht.
Irgendwie musst du es schaffen, ins Hotel zurückzukehren. Vielleicht kann dir deine Familie helfen. Das bedeutet zwar, dass du auf die Straße musst. Doch dieses Risiko musst du eingehen und hoffen, dass dich niemand entdeckt – dich, eine lebende Mumie!
Andererseits könntest du aber auch hier und jetzt gleich versuchen, die schaurigen Mumienbinden abzubekommen. Vielleicht verwandelst du dich ja wieder in deine normale Gestalt zurück, wenn du sie abnimmst.
Was willst du tun?

- *Wenn du ins Hotel zurückkehren möchtest, dann geh zu Abschnitt* **47**.
- *Wenn du dich der Binden sofort entledigen willst, geh zu Abschnitt* **115**.

104

Du unternimmst besser gar nichts. Der Mumie ins Handwerk zu pfuschen, könnte böse enden.
Die Mumie hebt das Tagebuch hoch über den Kopf, dem Himmel entgegen.

»Endlich … stehen … die … Sterne … richtig«, sagt die Mumie. Du schaust auf die Seite, die die Mumie hochhält. Sie zeigt eine Sternkarte. Du blickst zum Himmel empor.
»Sie hat Recht!«, flüsterst du Derek zu. »Sieh nur! Die Sterne stimmen mit der Karte überein.«
»Irre«, murmelt Derek.
»Im … Namen … meiner … Ahnen«, sagt die Mumie in einem Singsang, »preise … ich … die … Sterne … und … alles …, was … im … Universum … leuchtet.«
Dann zieht sie zu deiner Verblüffung eine kleine Flasche unter ihren Binden hervor. Es sieht wie ein Teströhrchen aus! Wo kommt das denn her?, fragst du dich.
Die Mumie reißt die Seite mit der Sternkarte aus dem Tagebuch heraus, gießt die Flüssigkeit aus dem Fläschchen auf das Papier … und dann isst sie es!
Im selben Augenblick dreht sich wieder alles um dich und dir wird schwindelig. Die ganze Welt wird schwarz vor deinen Augen. Dann streicht dir ein böiger Wind übers Gesicht. Lichter – oder sind es Sterne? – blitzen auf und explodieren rings um dich herum.
»Derek!«, schreist du. Ein schreckliches Geheul erfüllt deine Ohren. Falls Derek antwortet, so hörst du ihn nicht.
• *Geh zu Abschnitt* 98.

105

Du sollst der Mumie das Tagebuch geben, weil sonst *was* geschieht? Aber du traust dich nicht nachzufragen.
»Das … Tagebuch!«, wiederholt die Mumie. Sie schüttelt dich am Hals hin und her, sodass du würgen musst. »Ich … muss … die … Zauberkraft … des … Tagebuchs … wiederhaben. Das …

ist … die … einzige … Möglichkeit … für … mich …, ins … Leben … zurückzukehren.«
Du spürst den heißen Atem der Mumie im Gesicht. Er pfeift zwischen ihren harten, dünnen Lippen hervor. Endlich lässt sie deinen Hals los. Du weichst rasch vor ihr zurück, aber sie packt dich am Arm und hält dich fest.
Für einen Toten hat die Mumie ganz schön viel Kraft!
»Gib ihr das Tagebuch!«, krächzt du und reibst dir mit der freien Hand den schmerzenden Hals.
»Unmöglich«, sagt Derek. »Das können wir nicht tun.«
»Warum nicht? Bist du irre?«, brüllst du. Da fällt dein Blick auf die Tür zum Schlafzimmer deiner Eltern. »MOM! DAD!«, schreist du.
Durch die Schlafzimmertür hindurch hörst du die schlaftrunkene Stimme deiner Mutter. »Schlaft jetzt! Ihr werdet morgen zu nichts zu gebrauchen sein, wenn ihr nicht endlich zur Ruhe kommt, Kinder.«
»Aber, Mom!«, schreist du, doch weiter kommst du nicht.
»Keinen Mucks mehr jetzt!«, ruft sie zurück. »Gute Nacht!«
Ihr Ton sagt dir, dass sie es ernst meint.
Ihr seid auf euch allein gestellt.
Die Mumie verstärkt den Griff um deinen Arm.

• *Geh zu Abschnitt* **110**.

106

Du drehst dich um und rennst durch den Wüstensand davon. Du traust keinem der beiden Männer. Wieso solltest du auch? Sie versuchen doch beide nur, dir das Tagebuch der Mumie wegzunehmen. Das sonderbare Tagebuch, das plötzlich auf geheimnisvolle Weise in Hieroglyphen statt in Englisch verfasst ist.

Sand weht dir ins Gesicht, während du die große Pyramide weit hinter dir lässt. Doch wen kümmert das schon? Du würdest sogar Sand *essen*, falls das nötig wäre, um lebend davonzukommen.

Du gibst dir Mühe, das Angstgefühl, das dir in der Kehle aufsteigt, zu unterdrücken. Du schluckst den Kloß hinunter.

Wie soll ich bloß zurück nach Hause kommen?, fragst du dich. Und wie ist es möglich, dass sich das Tagbuch so verändert hat? Das Tagebuch. Vielleicht enthält es irgendeine spezielle Nachricht. Vielleicht erfährst du, wie du nach Hause kommst, wenn es dir gelingt, die Hieroglyphen zu entschlüsseln!

Du möchtest das Tagebuch noch einmal gründlich unter die Lupe nehmen. Du schaust über die Schulter zurück, um sicherzugehen, dass dir niemand folgt.

Ist dir jemand auf den Fersen?

Prüf es genau!

- *Geh anschließend rasch zu Abschnitt* 7.

107

Endlich hört das Drehen auf und es wird wieder heller. Du öffnest die Augen und siehst, dass du hoch oben auf einem hohen Gebäude stehst. Du erkennst es als den *Coit Tower*, eines der Wahrzeiten von San Francisco. Es steht auf einem Hügel und überblickt die ganze Stadt und die Bucht.

Die Fesseln an deinen Händen sind verschwunden Doch du bist noch immer am Körper mit uralten Stoffbinden umwickelt.

Derek steht neben dir. Er sieht grässlich aus – wie eine Mumie mit verrunzelter, trockener Haut und ohne Augen!

Bestimmt sehe ich genauso aus, denkst du.

Vor dir, nur wenige Schritte vom Rand des Gebäudes entfernt, steht die echte Mumie. Sie hat dir den Rücken zugewandt und blickt in den Himmel hinauf.

»Nun ... werde ... ich ... wieder ... ins ... Leben ... zurückkehren«, sagt die Mumie, während sie das Tagebuch in den Händen hält und öffnet. »Jetzt ..., da ... die ... Sterne ... richtig ... stehen ..., ich ... das ... Tagebuch ... habe ... und ... mich ... auf ... dem ... höchsten ... Punkt ... im ... Umkreis ... von ... zwanzig ... Meilen ... befinde.«

Du schaust auf deine verrunzelten Hände hinab und schauderst. Du empfindest inzwischen nicht mehr allzu viel Mitgefühl für die Mumie. Offensichtlich hält sie euch unter einer Art Zauberbann. Wie kannst du die Macht, die sie über euch besitzt, brechen?

Hmmmmmm. Alles, was du tun müsstest, wäre, die Mumie mit einem raschen kräftigen Schubs vom Gebäude zu stoßen. Es ist ein ziemlich langer Weg bis nach unten!

- *Wenn du die Mumie vom Gebäude stoßen willst, blättere zu Abschnitt* **50**.
- *Wenn du abwarten und zusehen willst, wie sie ins Leben zurückkehrt, dann blättere zu Abschnitt* **104**.

108

Mohammed rennt so schnell davon, dass du nur noch das verhallende Geräusch seiner Sandalen hören kannst, die über den Steinboden klatschen.

Dann herrscht Stille. Eine grauenhafte, steinkalte Stille.

Du hast keine Zeit zu verschwenden. Die Fackel wird nicht allzu lange brennen. Du hältst sie hoch und schaust auf die Karte. Es ist eine handgezeichnete Skizze auf braunem Papier mit abgerissenen Ecken.

Das soll eine *Karte* sein? Dieses Gewimmel von Strichen und Linien? Wo ist die Markierung deines momentanen Standorts? Dir rutscht das Herz in die Hose. Du brauchst Hilfe!
Doch dann findest du den Dreh heraus.
Die dicht aneinander liegenden Striche in der oberen linken Ecke stellen die Treppe dar. Ein Kästchen am Ende eines verwinkelten Gangs markiert die Grabkammer.
Und dieses andere Kästchen? Das mit dem X darin? Das ist der Fahrstuhl! Der Aufzug im *Pyramid Building*! Das weißt du, weil du schon eine Menge Lagepläne gesehen hast, die auf die gleiche Weise markiert waren. Die Aufzüge sind immer mit einem X gekennzeichnet.
Und dort musst du hin, wenn du je wieder nach Hause kommen willst.
Du hast einen Kugelschreiber in der Tasche. Du holst ihn heraus und setzt die Wörter »Treppe«, »Grabkammer« und »Aufzug« in die entsprechenden Stellen in der Skizze.
Dann schaust du dir den Lageplan gründlich an.

- *Geh zu Abschnitt* 90 *und sieh dir die Skizze genauer an.*

109

Du studierst den Lageplan gründlich und beschließt, dich erst links, dann rechts, dann wieder links und schließlich noch einmal rechts zu halten.
Schon einen Augenblick später flackert deine Fackel ein letztes Mal auf und erlischt dann. Verlassen und allein stehst du in der kalten Gruft der uralten Mumie. In völliger Dunkelheit.
Stille.
Du bewegst dich einen Schritt voran, tastest dich an den Wänden entlang.

Links, rechts, links, rechts, sagst du dir ständig vor. Wieder und wieder spulst du im Stillen die Wörter ab. Links. Rechts. Links. Rechts.
Deine Hand streift etwas Schleimiges.
Iiiiiihhhh! Du reißt die Hand zurück.
Traust du dich, die Wand noch einmal zu berühren? Dir bleibt keine andere Wahl. Wie sollst du in der Dunkelheit den Weg finden, wenn du es nicht tust?
Bedächtig streckst du die Hand aus und berührst die Wand. Igitt! Die Steine sind mit glitschigem Schleim überzogen. Du versuchst, dir keine Gedanken darüber zu machen, was das wohl ist! Die andere freie Hand streckst du wie ein Blinder vor dir aus. Schließlich möchtest du im Dunkeln nicht gegen irgendetwas laufen.
Endlich erreichst du die erste Gabelung. Du wendest dich nach links, gehst ein Stückchen weiter, biegst nach rechts. Wieder läufst du eine Weile, dann gehst du nach links.
Falls du den Lageplan richtig im Kopf hast, musst du jetzt nur noch einmal abbiegen. Also sollte es von nun an ziemlich einfach sein. Geh weiter …

• *Biege in Abschnitt* **26** *ab.*

110

»Derek, bitte! Gib ihr das Tagbuch!«, flehst du ihn an.
»Erst, wenn sie dich loslässt«, meint Derek entschlossen.
Die Mumie zögert. *Pffft … Pffft …*
Schließlich gibt sie deinen Arm frei.
Du läufst mit zitternden Knien zu Dereks Bett, greifst unter die Matratze und ziehst das Tagebuch der Mumie hervor.
»Hier!« Eilig gehst du auf die uralte Mumie zu.

»Nicht so hastig!« Derek hält dich auf. »Hör mal, ich kenne mich mit solchen Dingen aus. Mumien, Gespenster, Außerirdische – es ist immer dasselbe. Lassen wir sie auf die Erde los, stecken wir schnell im Schlamassel. Das habe ich oft genug in Filmen gesehen. Toten dabei zu helfen, wieder lebendig zu werden, ist ein Riesenfehler. Gib ihr das Tagebuch nicht. Sie könnte sich in ein verrücktes, bösartiges Monster verwandeln ...«

»Aber Derek!«, fällst du ihm ins Wort. »Sie ist doch bereits lebendig geworden! Was ist also schon groß dabei? Und überhaupt – sie wird mich *umbringen*, wenn ich ihr das Tagebuch nicht gebe!«

Derek zuckt die Achseln. »Also gut«, sagt er. »Aber behaupte hinterher nicht, ich hätte dich nicht gewarnt. Es wird dir noch Leid tun.«

Derek klingt, als wäre er sich seiner Sache sehr sicher. Was denkst du?

- *Wenn du der Mumie das Tagebuch zurückgeben willst, dann geh zu Abschnitt* **44**.
- *Wenn du meinst, dass du es lieber behalten solltest, dann geh zu Abschnitt* **61**.

111

»Nein!« Mit bandagiertem Mund stößt das Mumienkind einen erstickten Schrei aus.

Doch du kümmerst dich nicht darum. Sobald die Mumie vollständig umwickelt ist, streckst du die Hand aus und berührst ihr Gesicht. *Dein* Gesicht.

Augenblicklich spürst du, wie ein kurzer elektrischer Impuls durch dich hindurchsaust. Wie ein Stromschlag. Er brennt und sticht. Und du fühlst ihn *zweifach*! Einmal im Körper der Mumie. Und

einmal in deinem eigenen! Als wärst du zwei Personen in einer.
Du ziehst die Hand zurück.
Im selben Moment beginnt sich die Gesichtshaut des Mumienkindes zu verhärten und in uraltes, vertrocknetes braunes Leder zurückzuverwandeln. Du schaust auf deine eigenen Hände und siehst, wie sie wieder rosa werden!
Was darauf folgt, erlebst du alles wie in einem verschwommenen Traum. Du rennst in euer Hotelzimmer und erzählst deinen Eltern die ganze Geschichte. Niemand nimmt dir die lebende Mumie ab, vor allem, weil sie nun nicht mehr lebt. Sie wirkt völlig tot.
Doch später am Abend, als du das Tagebuch der Mumie zur Hand nimmst, entdeckst du auf der letzten Seite einen neuen Eintrag:

»Ich bin zurück in meinem Gefängnis, aber nicht lange. Schon bald werde ich wieder zum Leben erwachen und Rache nehmen!«

Geht das also wieder von vorne los!

ENDE

112

Du entscheidest dich dafür, im Eingang zu bleiben. Du willst nicht riskieren, dass dich noch mehr Leute zu sehen bekommen. Außerdem gehst du davon aus, dass du diesen beiden Ärzten jederzeit entwischen kannst.
Fehlanzeige!
»Schnapp sie dir, Stuart!«, schreit die Ärztin plötzlich. »Pack sie an den Beinen!«
Du kämpfst und versuchst dich loszureißen, doch die beiden

Ärzte überwältigen dich. Frau Dr. Lacey – du kannst ihr Namensschild lesen – hält dich an den Armen fest. Der andere Typ, Stuart, hebt deine Beine hoch.
So schleppen sie dich durch den Notaufnahmeraum hindurch, einen Klinikkorridor entlang und in ein kleines, dunkles Untersuchungszimmer.
Mit einem bösartigen Grinsen im Gesicht schließt Stuart die Tür ab. Dann nimmt er ein Tablett mit glänzenden chirurgischen Instrumenten. Ein Instrument hat oben ein gezacktes Messer in Form eines Rades. Es sieht aus wie ein Pizzaschneider mit einer superscharfen Klinge. Ein anderes Instrument ist eine Art Zange!
»Okay«, sagt er. »Dann wollen wir uns mal das Innenleben der Mumie ansehen.«

- *Es gibt keine Möglichkeit zur Flucht. Geh einfach nur zu Abschnitt* **14.**

113

Der andere Wachmann namens George kommt durch die marmorne Eingangshalle angerannt und stürzt sich von hinten auf dich. Er umschlingt dich mit beiden Armen. Gleichzeitig packt der erste Wachmann deine Beine.
Nein! Wieder versuchst du zu schreien, aber in den vergangenen Sekunden hat sich deine Verwandlung zur Mumie vollständig vollzogen. Deine Stimmbänder sind so hart wie trockene Stöcke. Sie regen sich nicht.
Plötzlich trifft dich die schreckliche Wahrheit: Du bist für alle Welt eine Mumie. Kein Kind.
Du bist eine lebende Mumie, eine Ausgeburt der Natur, etwas, wovor man sich fürchtet ... und das man vernichtet.

Du wehrst dich gegen die beiden Wachmänner, schlägst wild mit den Armen um dich. Du trittst George mit deinen verdorrten, braunen Beinen gegen die Schienbeine. Verzweifelt drehst und windest du deinen kleinen ledrigen Körper, in der Hoffnung dich losreißen und entkommen zu können.
Doch du bist den Wachmännern nicht gewachsen. Sie sind zu schnell und zu stark. Sie heben dich hoch, schleppen dich zum Mumiensarg – und stopfen dich hinein!
• *Geh zu Abschnitt* **33**.

114

»Zweitausend Dollar?«, sagst du zu Web. »Sie machen wohl Witze. Dieses Tagebuch muss viel mehr wert sein.«
Webs Lächeln verschwindet und er starrt dich grimmig an.
»Okay«, sagt er verdrossen. »Wie wär's mit viertausend?«
Du schüttelst den Kopf.
»Achttausend?«, meint Web.
Nein.
»Das ist mein letztes Angebot«, sagt Web. »Zwanzigtausend.«
Zwanzigtausend Dollar? Ist das sein Ernst? Er bietet dir so viel Geld für das Tagebuch der Mumie? Dann muss es echt wertvoll sein. Vielleicht ist es sogar Millionen wert!
Wieder schüttelst du den Kopf.
»Hmmm«, sagt Web. Er kneift die Augen zusammen und funkelt dich böse an, so als ob er dich hasst. Dann ändert sich seine Miene. Die Limonade ist da.
Der ägyptische Kellner stellt vor jeden von euch ein großes Glas. Es gibt nur ein Problem. Webs Limonade sieht ganz normal aus, aber deine Limo ist blau!
• *Geh zu Abschnitt* **135**.

115

Du musst unbedingt die Bandagen loswerden! Und du musst dich beeilen, denn der Wachmann kann jede Sekunde aufwachen.
Verzweifelt packst du die Binden um deinen Hals und wickelst dich Zentimeter für Zentimeter aus. Einige der Binden sind lange, durchscheinende Stücke. Andere sind kurze kleine Stofffetzen. Du lässt jedes Stück, das du abbekommst, auf den Marmorboden fallen.
Endlich bist du bei der letzten Schicht angekommen. Bedächtig schälst du den dünnen Stoff ab, der deine Haut bedeckt.
Deine Haut?
Nein. Darunter befindet sich keine Haut, sondern uraltes, mumifiziertes Fleisch!
Es ist hart wie Fußballleder, so braun wie gedörrtes Rindfleisch und so runzelig wie eine sechzig Jahre alte Backpflaume!
Du wirbelst herum und siehst in der metallisch glänzenden Fahrstuhltür dein Spiegelbild.

• *Was siehst du? Das erfährst du in Abschnitt* 77.

116

Du entscheidest dich dafür, dem Krokodil Bonbons zuzuwerfen.
Du willst gerade in die Tasche greifen, um eine Hand voll herauszuholen, als das Krokodil plötzlich das Maul aufreißt – dich anfällt und kräftig zubeißt!
»Aaaahhh!«, brüllst du, als du spürst, wie die Zähne durch deine Jeans dringen und sich in dein Bein zu bohren beginnen.

• *Kriech zu Abschnitt* 129.

117

Du beschließt, deinem Bruder Derek eine Nachricht zu schreiben und unter der Tür eures Hotelzimmers durchzuschieben. Unbeholfen nimmst du einen Stift und umklammerst ihn mit deiner bandagierten Hand. Mit dem ganzen darum gewickelten Stoff fühlt sich die Hand wie eine Pfote an. Deshalb sieht deine Handschrift seltsam aus. Krakeliger als sonst.
Doch wen juckt das schon? Rasch kritzelst du eine Nachricht. Sie lautet:
»Lieber Derek, hilf mir! Ich kann nicht erklären wie, aber irgendwie wurde ich in eine Mumie verwandelt. Und die Mumie hat dafür meinen Körper übernommen! Trau diesem Fiesling nicht. Er tut nur so, als wäre er ich! Ich habe mich in der Abstellkammer am Ende des Korridors versteckt. Bitte – komm und hilf mir!«
Du überlegst einen Moment lang. Dann setzt du dein Geburtsdatum und den Namen deines Lieblingsbasketballspielers unter die Nachricht. Damit dein Bruder sicher sein kann, dass sie von dir stammt.
Schließlich unterschreibst du mit deinem Namen.
Du schlüpfst aus der Kammer hinaus und gehst durch den Gang. Deine bandagierten Füße machen kein Geräusch. Du schiebst die Nachricht unter der Tür des Zimmers hindurch, in der deine Familie wohnt.
Dann eilst du in die Abstellkammer zurück, um dich zu verstecken, und wartest.

• *Geh zu Abschnitt* 59.

118

»Wow, Derek«, murmelst du leise. »Hier geht etwas völlig Irres vor sich.« Zitternd setzt du dich neben deinen Bruder auf das Gästebett und liest den frischen Eintrag vor:

»Vierzig Jahrhunderte lang habe ich auf diese Nachricht gewartet. Die Nacht, in der die Sterne wieder genauso stehen wie in der Nacht meiner Geburt. Die Nacht, in der ich erneut zum Leben erwachen kann! Doch nun wird nichts daraus. Wieso? Weil ich zu begierig darauf war. Ich habe zu früh versucht den Zauberspruch aufzusagen und da ist mir das Tagebuch aus den Händen gefallen!«

»Ich wusste es!«, flüsterst du Derek zu. »Ich war mir sicher, dass sich ihr Arm bewegt hat. Das muss der Moment gewesen sein, als sie das Tagebuch fallen ließ.«

Dann liest du weiter:

»Und nun ist mein Tagebuch entwendet worden! Man hat mir mein Leben gestohlen! Ich muss Rache an dem nehmen, der meinen Zauber stiehlt. Vielleicht werde ich den Dieb sogar vernichten*!«*

Rache. Vernichten! Diese Worte sind fürchterlich. Sie verschwimmen vor deinen Augen, eine schreckliche Warnung.

Derek stößt einen leisen Pfiff aus. »Aber wie hat sie das geschrieben?«, fragt er. »Wie ist sie hier hereingekommen?«

Dir fällt wieder ein, was du an einer früheren Stelle gelesen hast. »Sie ... sie schreibt mit Gedankenkraft«, erklärst du.

Derek macht große Augen. »Aber wie ...«

Ein Klopfen an der Tür unterbricht ihn. Wer ist da?

- *Geh zu Abschnitt* **126**.

119

Du starrst die Sphinx mit weit aufgerissenen Augen an. Geschieht das wirklich? Hat die Sphinx tatsächlich gerade zu dir gesprochen. Oder hast du jetzt völlig den Verstand verloren?
Da entdeckst du, dass außer dir noch viele andere Menschen um den Sockel der Statue herumwimmeln.
»Zurück!«, dröhnt die Stimme der Sphinx erneut.
Augenblicklich machen die Leute kehrt und rennen schreiend vor der Sphinx davon, als ginge es um ihr Leben!
Panik erfasst dich. Du hast zwar keine Ahnung, wieso diese Leute sich so fürchten, aber plötzlich hast du ebenfalls Angst. Deshalb drehst du dich um und flüchtest. Sand fliegt dir ins Gesicht, während deine Füße über den Wüstenboden trommeln.
»Schnitt!«, ruft plötzlich eine Stimme über ein Megaphon.
• *Geh zu Abschnitt* **122**.

120

Endlich schwingt die Glastür zu den Behandlungsräumen auf und die Mumie kommt herausspaziert.
»Wie ... sehe ... ich ... aus?«, fragt sie mit ihrer rauen Stimme.
»Ähm, jünger!«, rufst du aus. »Viel jünger!«
Und es stimmt. Die Mumie wirkt um die fünfhundert Jahre jünger. Nun sieht sie nur noch etwa dreitausendfünfhundert Jahre alt aus.
»Ich ... danke ... dir«, sagt die Mumie und schenkt dir ein kleines, zufriedenes Lächeln.
Dann marschiert sie aus der Schönheitsfarm hinaus und winkt

dir zum Abschied zu. Das Letzte, was du von ihr siehst, sind ihre Binden, die sie hinter sich herzieht, während sie steifbeinig die Straße entlangwandert.

Was für eine verrückte Geschichte, denkst du. Aber wenigstens ist sie jetzt ausgestanden.

Das *denkst* du.

Doch als du zurück im Hotel bist, nimmst du das Tagebuch der Mumie zur Hand – und schnappst nach Luft.

Auf der letzten Seite – die noch leer war, als du das Hotel verlassen hast – findest du einen neuen Eintrag. Er lautet:

»Heute habe ich einen neuen Freund gefunden. Einen weisen Freund, der wusste, wie man meine Jugend wiederherstellt. Was weiß dieser junge Mensch sonst noch? Das muss ich unbedingt herausfinden! Ich werde diesem Jungen bis in alle Ewigkeit folgen!«

Oje. Na, dann auf ein Neues!

ENDE

121

Entsetzt hängst du im Griff der Mumie. Deine Füße baumeln Zentimeter über dem Boden. Trotzdem kannst du es kaum erwarten zu hören, was die Mumie dir zu sagen hat.

»Willkommen im *Pyramid Building*«, verkündet die Mumie.

Was?

Das ist alles? Das ist die Nachricht aus dem Grab? Schwindel! Humbug!

»Lass mich runter!«, brüllst du und trittst der Mumie gegen die Knie.

Auuuuuu! Unsanft knallen deine Zehen gegen die bandagierten

Beine der Mumie, denn die sind nicht etwa weich und ledrig. Sie fühlen sich hart an, eher wie Metall.
Da hörst du ein Geräusch aus einem Nebenraum. Eine weitere Gestalt erscheint im trüben Licht der Eingangshalle.
»Hier drüben, Sylvia«, ruft die Gestalt. »Ich hab sie gefunden.«
Die Person löst sich aus der Dunkelheit. Es ist ein Typ in Jeans und Sweatshirt, der eine Art Fernbedienung in der Hand hält. Eindeutig ein Mensch.
»Was machst *du* hier?«, will der Mann wissen.
Du kannst nicht antworten, denn die Mumie hält dich noch immer am Hals fest.

• *Geh zu Abschnitt* **136.**

122

Wie bitte?, denkst du. Hat da gerade jemand »Schnitt« gebrüllt?
Du schaust über die Schulter zurück und bemerkst eine weitere Gruppe von Leuten, die du vorher nicht gesehen hast.
Es ist eine Filmcrew. Eine amerikanische Filmcrew! Es sieht ganz so aus, als drehten sie so etwas wie einen Abenteuerfilm in Ägypten. Die verängstigten Menschen, die gerade davonrannten, sind alle Schauspieler und Statisten. Und die Stimme der Sphinx kommt aus einem Lautsprecher an der Seite der Statue.
Cool!, denkst du. Du fragst dich, wer in dem Film wohl mitspielt.
Da entdeckst du ihn. Den Star des Films.
Illinois Smith! Er ist der Hauptdarsteller aller Actionfilme über verschollene Schätze und uralte Gräber.
He – vielleicht kann dir Illinois Smith helfen herauszufinden,

was die Einträge im Tagebuch der Mumie zu bedeuten haben.
Was meinst du?
Bittest du ihn um Hilfe?
Oder enträtselst du es lieber selbst?

- *Wenn du Illinois Smith um Hilfe bitten möchtest, geh zu Abschnitt* **54**.
- *Wenn du es lieber selbst herausfinden willst, geh zu Abschnitt* **81**.

123

Du beschließt, die linke Abzweigung zu nehmen.
Tapfer marschierst du den stockdunklen Gang entlang.
Du gehst ein paar weitere Schritte, als du feststellst, dass du allein bist. Mohammed folgt dir nicht mehr.
»He, Dummkopf«, ruft Mohammed. »Wieso bist du da lang gegangen?«
»Nun«, antwortest du ihm und versuchst möglichst überzeugend zu klingen. »Sie haben gesagt, ich solle meinem Herzen folgen. Und mein Herz sitzt links. Deshalb dachte ich …«
»Ich habe dir gesagt, du sollst deinem *Herzen* folgen«, schnaubt Mohammed. »Doch stattdessen denkst du viel zu viel mit dem *Kopf*.«
Oh. Will er damit sagen, du hättest den anderen Gang wählen sollen?
Ja, Dummkopf.
Und guck nicht so überrascht, dass du noch einmal so genannt wirst. Immerhin hast du doch darauf reagiert, oder etwa nicht?

- *Geh zurück zu Abschnitt* **15** *und nimm den anderen Gang, dann wirst du auch nicht mehr Dummkopf genannt.*

124

Eine ganze Weile starrst du ihm in die Dunkelheit nach.
Dann bemerkst du Derek, der wenige Schritte von dir entfernt kniet.
»Was ist passiert?«, stöhnt Derek. »Mir ist schrecklich schwindelig.«
»Was passiert ist?«, antwortest du. »Es sieht so aus, als hätten wir gerade der Mumie zu einem neuen Leben verholfen!«
Du hilfst ihm auf. Dann schaut ihr euch gegenseitig an. Eure Hände, Arme, Gesichter sind wieder völlig normal!
Keine Mumienhaut mehr. Keine leeren Augenhöhlen.
Ihr seid zwei ganz normale Kinder – oben auf dem Dach des *Coit Tower*.
Es ist zwar ganz schön knifflig, aber schließlich schafft ihr es zurück zu eurem Hotel. Ohne erwischt zu werden. Eure Eltern erfahren nicht einmal, dass ihr fort war.
Doch bevor du dich schlafen legst, gibt es noch eine letzte Sache zu erledigen. Gemeinsam mit Derek schleichst du zum *Pyramid Building*. Ihr müsst es unbedingt wissen! Ist die Mumie noch immer in ihrer Vitrine?
»Derek!«, schreist du, kaum dass ihr in die Eingangshalle eingetreten seid. »Sieh nur!«
Die gesamte Halle steht leer. Es gibt keine Vitrinen mit Mumien. Keine ägyptische Ausstellung. Alles – jeder kleinste Hinweis darauf, dass die Mumie jemals hier war – ist verschwunden.
Als wäre sie nie da gewesen …

ENDE

125

»Sie hat einen Computerchip im Gehirn!«, ruft Dr. Lacey.
Im Ernst? Du springst vom Untersuchungstisch hinunter und läufst zu den beiden, um selbst einen Blick darauf zu werfen. Tatsache. Es stimmt! In deinem Gehirn steckt ein sonderbarer Computerchip.
In den nächsten drei Tagen unterziehen dich die beiden Ärzte hunderttausend Tests. Zum Glück schneiden sie dich nicht auf. Und weißt du was? Es stellt sich heraus, dass die alten Ägypter drauf und dran waren, die Computertechnologie zu erfinden! Zumindest kommen die Wissenschaftler zu diesem Ergebnis. Der Computerchip in deinem Gehirn ist einfach, aber er funktioniert. Er gestattet es dir, dich zu bewegen.
Anfangs macht es dir Spaß, ein wissenschaftliches Wunder zu sein. Es gefällt dir, im Mittelpunkt der allgemeinen Aufmerksamkeit zu stehen. Dein Bild wird in allen Zeitungen abgedruckt. Reporter kommen herbei, um dich zu interviewen. Sie machen sogar eine Fernsehsendung über ich.
Doch nach einiger Zeit lässt der Spaß nach. Du vermisst deine Familie, sogar Susie, die Nervensäge. Deshalb beschließt du, Dr. Lacey eine Nachricht zu schreiben. Du willst ihr erklären, dass du in Wirklichkeit ein Kind bist und keine Mumie. Und du möchtest, dass sie dir dabei hilft, dich zurückzuverwandeln.
Doch alles, was du schreibst, sieht wie ägyptische Hieroglyphen aus! Nicht einmal du selbst kannst sie lesen. So sieht es aus:

Übersetzt heißt das:

ENDE

126

Du umklammerst Dereks Hand. »Mach nicht auf!«, wisperst du. Derek starrt dich an. »Aber es könnte der Zimmerservice sein«, protestiert er.
»Der Zimmerservice? Jetzt?« Du wirfst einen Blick auf die Uhr. Es ist ein Uhr morgens.
»Allerdings. Wir haben vor drei Stunden etwas zu essen bestellt, schon vergessen?«, sagt Derek. »Aber es ist nie gekommen. Vielleicht ist es das jetzt.«
»Aber vielleicht ist es auch die Mumie«, hältst du dagegen.
»Es gibt nur einen Weg, das herauszufinden«, erklärt dir Derek. Er hat Recht. Und obwohl du schreckliche Angst hast, ist dir klar, dass du Gewissheit haben musst.
Steht auf der anderen Seite der Tür eine lebende Mumie?
»Okay«, brummelst du. »Aber nur ein kurzer Blick.«
»Einen Moment.« Derek nimmt das Tagebuch und schiebt es unter seine Matratze. Dann nickt er dir zu. Du gehst zur Tür und holst tief Luft.
Du öffnest die Tür nur einen kleinen Spalt und spähst hinaus. Das Einzige, was du sehen kannst, ist ein verbundener Arm.
Wirst du die Tür ganz öffnen?

- *Falls nein, geh zu Abschnitt* 23.
- *Falls ja, geh zu Abschnitt* 40.

127

Unvermittelt erlischt die Fackel.
Doch das kümmert dich nicht. Du hast deine Wahl getroffen. Du gehst links, rechts, wieder rechts und dann immer geradeaus.

Tapfer schreitest du durch die Dunkelheit voran. Die Arme hast du seitlich ausgestreckt, sodass du mit den Fingerspitzen an den Wänden entlangstreichst.

Ziemlich bald merkst du, dass der Gang sich krümmt. Du hast die erste Stelle erreicht, an der du den Weg wählen musst.

Du wendest dich nach links.

Du gehst ein Stückchen und biegst nach rechts ab, dann marschierst du weiter.

Plötzlich spürst du in der völligen Dunkelheit zwei Hände auf deinem Gesicht.

Aargh!, möchtest du schreien.

Doch du bringst keinen Ton heraus. Vor Angst bleibt dir die Stimme weg.

»Buh!«, sagt eine Stimme.

Buh?

Wer macht hier *buh*?

• *Geh zu Abschnitt* **134**.

128

Die Große Pyramide?

Du starrst den Aufseher an, in deinem Kopf dreht es sich. In der Schule habt ihr Ägypten durchgenommen. Die Große Pyramide ist die größte Pyramide auf der Welt. Es ist die, die neben der Sphinx in der Wüste steht.

Hoppla. Du bist eindeutig in Ägypten!

»Aber ich bin doch gerade von da rausgekommen!«, versuchst du zu erklären. »Nur war es da noch nicht die *Große Pyramide*. Da war es das *Pyramid Building*!«

Der Wachmann lacht. »Ha! Du meinst wohl dieses alberne Gebäude in Amerika?« Er schüttelt den Kopf und lacht wieder.

»Sie müssen mir glauben«, sagst du fast flehend. »Und sehen Sie sich das mal an!« Du streckst dem Aufseher das Tagebuch entgegen.
»Dieses Tagebuch war vor ein paar Minuten noch in englischer Sprache, aber jetzt stehen plötzlich nur noch Hieroglyphen da!«
Bevor der Wachmann das Tagebuch in Empfang nehmen kann, tritt ein junger Mann in hellbraunem Anzug, mit einer Sonnenbrille auf der Nase und einem Strohhut auf dem Kopf, auf dich zu.
»Ich sehe, du hast das berühmte Tagebuch des Buthramaman«, sagt der Mann. Er klingt, als sei er Amerikaner. »Kann ich es mir mal anschauen?«
»Gib es ihm nicht!«, schreit der Ägypter. »Gib es mir!«

- *Wenn du das Tagebuch dem Amerikaner zeigen willst, geh zu Abschnitt* **5.**
- *Wenn du es dem Ägypter geben möchtest, geh zu Abschnitt* **22.**
- *Wenn du auf dem Absatz kehrtmachen und vor den beiden davonlaufen willst, geh zu Abschnitt* **106.**

129

Du ringst mit dem Krokodil und versuchst sein Maul aufzustemmen. Als es im Stehen nicht klappt, wirfst du dich zu Boden, mit Schwung hoch und drehst es auf den Rücken.
Dann schiebst du panisch die Hand in die Hosentasche, holst ein paar Fruchtbonbons heraus und wirfst sie dem Krokodil direkt neben deinem Bein ins Maul. Das Krokodil öffnet das Maul weit ... und weiter ...
Wird es klappen? Ja! Es lässt dich los!

Blitzschnell ziehst du dein Bein aus dem Maul heraus. Doch kaum ist es draußen, da leckt sich das Krokodil die Lippen und reißt das Maul wieder weit auf.
An seinem Blick kannst du ablesen, dass es nur eines will: mehr Fruchtbonbons!
Rasch wirfst du ihm noch eine Hand voll Bonbons hin und läufst davon.
Oh! Sieh jetzt besser nicht zurück! *Platsch, platsch*, folgt dir das Krokodil auf seinen Stummelbeinen! Wie ein Hündchen, das um mehr Leckerlis bettelt.
Das Krokodil klappt zweimal bedrohlich das Maul auf und zu. Zur Warnung. Und dir ist klar, was das bedeutet. Gib ihm besser schnell noch mehr Fruchtbonbons – denn sonst …!
Nun, solange du es dir leisten kannst, Fruchtbonbons zu kaufen, bleibst du am Leben. ABER DU BIST IN ÄGYPTEN! Wo sollst du hier in der Gegend Fruchtbonbons herbekommen?
Wie es scheint, steckst du in der Klemme. Für das Krokodil siehst du jedenfalls wie ein riesengroßes Fruchtbonbon aus.

ENDE

130

Du sieht noch immer reichlich verdattert aus, als dir Web alles erklärt.
Das Tagebuch, das du in San Francisco auf dem Boden gefunden hast, hat das FBI dort absichtlich hingelegt. Als du in den Keller des *Pyramid Buildings* hinabgestiegen bist, hast du ihre Nachbildung vom Inneren einer echten Pyramide entdeckt.
»Du *dachtest*, du wärst durch den Keller spaziert und in Ägypten herausgekommen, doch das stimmt nicht«, erklärt dir Web.

»Wir haben ein spezielles Schlafgas in die Klimaanlage des *Pyramid Buildings* gepumpt. Du bist eingeschlafen, und während du weggetreten warst, haben wir dich nach Ägypten geflogen. Deine Eltern wissen natürlich darüber Bescheid. Du bist in einer echten Pyramide aufgewacht und konntest dich an nichts erinnern. Und alles Übrige war ein Test. Wir wollten feststellen, ob du auch in haarigen Situationen zurechtkommst.«
»Wow!«, rufst du aufgeregt. »Cool! Also arbeite ich jetzt für das FBI?«
»Genau«, sagt Web. »Du bist für ein Jahr vom Schulunterricht befreit. Und wir werden dich sogar bezahlen. Herzlichen Glückwunsch!« Er hebt sein Glas Limonade, um mit dir anzustoßen.
»Danke!«, antwortest du mit einem breiten Grinsen und greifst nach deinem Limonadenglas. Ohne darüber nachzudenken, nimmst du einen ordentlichen Schluck.
Uuuups! Erinnerst du dich noch daran, dass die Limonade blau ist? Sie enthält ein Schlafmittel! Halb so schlimm. Du wachst bald wieder auf, aber nun werden sie dich niemals als Geheimagent einstellen. Zu dumm, dass dir dieser Schnitzer unterlaufen ist. Dabei warst du ganz dicht vor einem

HAPPYEND.

131

Iiihh!
Erschrocken machst du einen Satz und stolperst über Dereks Feldbett. Als du das Gleichgewicht wieder gefunden hast, fährst du herum. Vor dir steht dein Bruder und grinst dich im dämmrigen Licht an.

»Wieso bist du auf?«, wispert Derek. Er lässt deinen Arm los. »Wo warst du?«
»Psssttt«, flüsterst du und deutest auf Susie. Du willst nicht, dass sie aufwacht.
Dann erzählst du ihm alles über die Mumie. Und von ihrem Tagebuch.
»Zeig es mir«, verlangt Derek, der auf dem Gästebett sitzt. Er liebt solche verschrobenen Sachen.
Im Licht, das aus dem Badezimmer hereinfällt, kannst du das Tagebuch auf deinem Schlafsack liegen sehen. Du musstest deinen Schlafsack mitbringen, weil das Hotel kein weiteres Gästebett in eurem Zimmer unterbringen konnte.
Das Tagebuch liegt noch genau da, wo du es hingelegt hast. Nur …
… du hast es nicht offen liegen lassen, oder?
Rasch gehst du hin und hebst das uralte Buch auf.
Jemand hat gerade erst etwas in das Tagebuch geschrieben! Die Tinte ist sogar noch feucht!
• *In Abschnitt* **118** *findest du heraus, was da steht.*

132

Du musst unbedingt irgendwo in Ruhe weiterlesen. Das ist verblüffend. Die Mumie schreibt mit reiner Gedankenkraft!
Da hörst du deine Mutter nach dir rufen. Als du nicht reagierst, ruft sie dich noch einmal. »Komm her und bring Susie mit!«, sagt sie.
Du musst dich irgendwie davonstehlen, um das Tagebuch genauer unter die Lupe nehmen zu können. Du willst auf keinen Fall, dass deine Eltern es zu sehen bekommen und es dir wegnehmen. Schon gar nicht, wo du es doch gerade erst gefunden

hast! Du lässt den Blick durch die Halle schweifen und hältst nach einem Ort Ausschau, an dem du ungestört bist.
Du entdeckst einen Aufzug.
Hmmm. Vielleicht kannst du dich in den Fahrstuhl verkrümeln und zur Spitze der »Pyramide« hinauffahren. Und dabei das Tagebuch zu Ende lesen, bevor dich jemand aufspürt.
Vielleicht solltest du das Tagebuch aber auch versteckt halten und abwarten. Schließlich willst du mit Mom und Dad keinen Ärger bekommen. Und außerdem liegt euer Hotel nicht weit entfernt. Du könntest dich heute Abend hierher zurückschleichen, um festzustellen, ob die Mumie wirklich ausbricht. In dem Tagebuch steht: »*Heute Abend* ... werde ich meinem Gefängnis entfliehen.« Wie wird das vonstatten gehen?

- *Wenn du am Abend zurückkommen willst, dann geh zu Abschnitt* 20.
- *Wenn du jetzt gleich den Fahrstuhl benützen willst, dann geh zu Abschnitt* 43.

133

Irgendwie schaffst du es, dich zu den Statuen mit den Vogelgesichtern zu schleppen. Als du dort ankommst, stellst du fest, wofür die Nase auf der Zeichnung steht.
Zwischen den übrigen Statuen – in der Mitte zwischen den »Augen« und dem »Mund« – befindet sich ein Loch im Sand. Einige Stufen führen in die Öffnung hinab.
Erst jetzt fällt dir auf, dass die Sonne hinter dir hinter einigen Sanddünen versinkt. Sie sieht nun genauso aus wie auf der Zeichnung, wo sie die Nase des Smiley-Gesichtes bildet!
Du bist deswegen auf die Sonne aufmerksam geworden, weil ihre Strahlen im Moment in genau solch einem Winkel einfal-

len, dass sie bis auf den Boden des Lochs im Sand reichen. Und dort unten erblickst du etwas Umwerfendes.
GOLD. Tonnenweise Gold. Münzen, kleine Statuetten, Zepter und Kronen. Alles ist aus purem Gold. Der Schatz des Königs Buthramaman.
Das ist also der Grund, warum alle so scharf auf das Tagebuch sind. Es ist eine Schatzkarte!
Doch Gold ist nicht das Einzige, was du dort unten siehst.
Du erblickst auch Zähne.
Scharfe, spitze Zähne.
In einer oberen und einer unteren Reihe. Sie grinsen dir aus einem gewaltigen Maul entgegen ... dem Maul eines Krokodils!

• *Geh so vorsichtig wie nur möglich zu Abschnitt* **46**.

134

Wieder berühren die Hände dein Gesicht. »Ach, du bist es!«, ruft eine Stimme. Dann erschallt Gelächter.
Dieses Lachen kennst du. Es ist dein Bruder Derek!
Du hast es geschafft! Du hast es geschafft, in das *Pyramid Building* zurückzukehren!
»Derek, was tust du hier unten?«, fragst du.
»Junge, Junge, du kannst dich auf was gefasst machen!«, verkündet er. »Mom und Dad haben sich echt Sorgen gemacht. Und sie sind stinksauer, weil du Susie allein gelassen hast. Sie haben veranlasst, dass ein paar Leute das ganze Gebäude nach dir absuchen. Mich haben sie in den Keller hinuntergeschickt.«
Du versuchst Derek die Geschichte mit der Mumie zu erklären, doch er lacht nur und schüttelt den Kopf. Dann packt er dich am Ohr und zieht dich durch eine Tür, die du zuvor nicht gesehen hast, und eine Treppe hinauf.

Er hat Recht, was deine Eltern betrifft. Sie kochen vor Wut! Wenn es nach dir ginge, könnte dieses Buch genauso gut *Wer die Mami ärgert* heißen.
Weitere Erkundungsausflüge kannst du getrost vergessen. Denn du hast einen ganzen Monat lang Hausarrest!

ENDE

135

Web blickt auf deine Limonade und grinst. »Das ist eine spezielle ägyptische Rezeptur«, sagt er. »Ich dachte, du würdest sie mögen. Sie schmeckt süßer.« Er beugt sich vor und wartet darauf, dass du dein Getränk als Erster probierst. Er ist erstaunlich höflich.
Was tust du? Du willst ihn nicht beleidigen, indem du die Limonade zurückweist. Und du bist schrecklich durstig. Du kannst Sand in deiner Kehle spüren.
Aber die Limonade ist blau. Und du bist dir nicht sicher, ob Limonade blau sein sollte.

- *Wenn du einen Schluck nehmen willst, geh zu Abschnitt* 85.
- *Wenn du stattdessen ganz unverfroren über den Tisch greifst und dir Webs Limonade schnappst, dann geh zu Abschnitt* 97.

»Oh, tut mir Leid.« Der Typ drückt einen Knopf auf seiner Fernbedienung und da lässt dich die Mumie los. Du plumpst auf den Boden.

Eine junge Frau mit dunklen Locken kommt in die Eingangshalle geeilt. Du gehst davon aus, dass sie Sylvia sein muss. Sie läuft zu der Mumie. »Brad! Ist mit Manny alles okay?«, fragt sie.

»Ich denke, ihm geht's bestens«, erklärt ihr Brad.

»Und was ist mit mir?«, brummst du und rappelst dich auf. Der Hals schmerzt an der Stelle, wo die Mumie dich gewürgt hat, deine Zehen schmerzen davon, dass du die Mumie getreten hast, und der Hintern tut dir weh, weil du auf sie draufgefallen bist.

Sylvia wendet sich zu dir. Ihre Augen blitzen. »Was hast du mit Manny gemacht?« Sie legt einen Arm um die Mumie.

»Ich habe gar nichts mit ihm gemacht«, protestierst du. »Er hat versucht mich umzubringen!«

Brad und Sylvia lachen. »Ich schätze, es funktioniert«, sagt Brad.

Brad und Sylvia erklären dir, dass Manny, die Mumie, ein Roboter ist. Er ist Teil eines Werbegags für die Ausstellung. Sie waren dabei, ihn zu testen, um sicherzugehen, dass er funktioniert. »Wir haben nicht erwartet, dass sich hier mitten in der Nacht jemand herumtreibt!«, sagt Brad.

Manny, die Mumie, ist total cool! Brad und Sylvia ebenfalls. Sie lassen dich die Fernbedienung ausprobieren und bieten dir sogar an, bei der Werbeaktion mitzumachen. Du darfst ein Kind spielen, das beim Anblick der Mumie laut loskreischt.

ENDE

Gänsehaut™
von R. L. Stine

Gruseln garantiert!

1. Der Spiegel des Schreckens
2. Willkommen im Haus der Toten
3. Das unheimliche Labor
4. Es wächst und wächst und wächst ...
5. Der Fluch des Mumiengrabs
6. Der Geist von nebenan
7. Es summt und brummt – und sticht!
8. Die Puppe mit dem starren Blick
9. Nachts, wenn alles schläft
10. Der Gruselzauberer
11. Die unheimliche Kuckucksuhr
12. Die Nacht im Turm der Schrecken
13. Meister der Mutanten
14. Die Geistermaske
15. Die unheimliche Kamera
16. ... und der Schneemensch geht um
17. Der Schrecken, der aus der Tiefe kam
18. Endstation Gruseln
19. Die Rache der Gartenzwerge
20. Der Geisterhund
21. Die Wut der unheimlichen Puppe
22. Mein haarigstes Abenteuer
23. Gib Acht, die Mumie erwacht
24. Wer die Geistermaske trägt
25. Der Werwolf aus den Fiebersümpfen
26. Die unheimliche Puppe kehrt zurück
27. Es wächst weiter
28. Der Kopf mit den glühenden Augen
29. Hühnerzauber
30. Wenn das Morgengrauen kommt
31. Ich kann fliegen!
32. Mein unsichtbarer Freund
33. Der Schreckensfisch
34. Die Geisterschule
35. Das verwunschene Wolfsfell
36. Um Mitternacht, wenn die Vogelscheuche erwacht
37. Der Vampir aus der Flasche
38. Der Schneemann geht um
39. Die Geisterhöhle

Jeden Monat ein neuer Band